無法の弁護人
Lawless Defender
Toru Shiwasu Presents
Illustrated by toi8
［もう一人の悪魔］
volume
3
JN211556

阿武隈
Abukuma
「悪魔の弁護人」の異名を持つ不敵な弁護士。法廷で勝つためには手段を選ばない。
本多
Honda
理想に燃える真面目な新人弁護士。阿武隈とともに、殺人事件の裁判を連続で逆転無罪に導く。

弁護人・阿武隈 VS 検事・朱鷺川
井上
Inoue
検事。本多の大学時代の同期で首席卒業した。
朱鷺川
Tokikawa
打倒・阿武隈のために行動するやり手の検事。

Lawless Defender

目次《もくじ》

第一章　現在と過去……007
第二章　一人目の被疑者……040
間章　東京地検の出来事……077
第三章　二人目の依頼人……083
第四章　阿武隈対朱鷺川……145
間章　井上検事の憂鬱……191
第五章　阿武隈対朱鷺川　二日目……194
第六章　失われた正義……244
第七章　二人目が生まれる日……281

無法の弁護人3

もう一人の悪魔

師走トオル

Toru Shiwasu

Heroless time is over.
I dare to ask you.
"Still do you have the Fang to bite?"

NOVEL
Ø
ZERO

Lawless Defender

volume 3

CHARACTERS

登場人物

本多信繁 主人公。正義感の強い新人弁護士。

阿武隈護 〝悪魔の弁護人〟の異名を持つやり手弁護士。

井上 検事。本多の大学時代の同級生。

酒井 本多の伯父。母方の兄。

榊原 酒井の知人の娘。看護師。

一ノ瀬 榊原にストーカー行為をしていた患者。

鈴木 殺人事件の最初の目撃者。

渡邊 二人目の目撃者。一ノ瀬の叔父。

三井 三人目の目撃者で、事件の通報者。

朱鷺川 阿武隈を敵視する検事。

[法律監修] 坂根真也

第一章　現在と過去

1

その日、僕はキャバレークラブ、ようするにキャバクラにいた。

僕にはキャバクラに通う趣味はない。お酒は好きでもないし、お金もないからだ。言うまでもなく、阿武隈《あぶくま》に誘われたためである。

「おまえさんの仕事にゃ何度も付き合ってやってんだ。たまには俺の酒に付き合うぐらいいいだろ？」

「そう言われたら僕には断る術《すべ》がないんですけど……」

気のない返事をしながらグラスに注がれた酒を口にする。

僕が阿武隈に助けられてばかり――というのは事実だ。だけど払うべき報酬《ほうしゅう》はしっかり払っている。別にこんな付き合いは不要だとも思うけど、世の中には飲みニケーションなんて言葉もあるらしい。阿武隈のことをもっとよく知るチャンスだと思うことにする。

「でも阿武隈さん。キャバクラって確か女性とお酒飲むところですよね？」

「ああ」

「じゃあなんでこの席には女性いないんですか？」

そう。周囲からは男女の談笑が聞こえてくるのだが、なぜか僕と阿武隈がいるこのテーブルだけは、男二人しかない。

「いた方がいいか、やっぱり」

阿武隈はとぼけたように肩をすくめる。

「いないよりいてもいいと思いますけど。このところ仕事関係以外で女性と接することなんてありませんでしたし。まあ躊躇《ちゅうちょ》がないわけじゃないですけど。初対面の女性といきなり会話しろって言われても戸惑いますし」

「無駄に正直者だな、おまえさんは。ひょっとして童貞か？」

「当たり前でしょう。学業にバイトでデートどころじゃありませんから」

「お、おう、そうか。珍しいな、そこまで堂々と童貞だと言えるのも」

「別に童貞だろうとなかろうと人の価値に関係ないでしょう？　殺人鬼であっても童貞でなければ尊敬されるわけじゃないでしょうし、童貞であっても人の命を救った医者だったら尊敬すべきでしょう？」

「あ、はい、ごめんなさい。仰《おっしゃ》る通りです」

阿武隈は素直に謝った。珍しいこともあるものだと思いつつ、僕もグラスを呷《あお》る。

「ちょっとおまえさん、ペース速すぎやしないか？　大丈夫か？」

「大丈夫です、酒には強い方ですから。そんなことより話を続けましょう。たとえば千人女性を抱いたことのある人より、言いたくはないですが、無実の罪を着せられた人を何人も助け出した阿武隈さんの方がよっぽど立派だと僕は思うんですよ」

「ほう。おまえさんが俺を褒めるとはな」

「褒めるなんて偉そうなことできる立場じゃありません。客観的な事実を口にしてるまでです」

「ひょっとしておまえさん、すでに酔ってる？」

「別に酔ってませんよ。そんなことより聞いてください！　阿武隈さんの法廷テクニックは右に出る者がいません。超能力だかは信じてませんが、ウソを見破るテクニックも凄《すご》いと思います」

「そ、そう？　いや俺もすごいと思うけど」

「そうです！　いいですか、阿武隈さんはその気になればなにも違法な手段に出なくても無罪は勝ち取れるはずなんです！」

「そうは言ってられねえさ。前回の裁判は偶然うまくいったに過ぎない。次の裁判でも勝てる保証はどこもないんだ、機会があれば俺は多分またやるぜ？」

「どうして分かってくれないんですか。僕はあなたを殴るようなことはしたくないんです」

「そいつは俺のセリフさ。むしろおまえさんもそろそろ考えを変えたらどうだ？　あれだけサツどもとやり合ったんだ、あいつらの持つ権力がどれだけ大きいかはよく分かっただろ？　真っ当にやってて勝てる方がおかしいんだよ」

そう言われると、僕は反論に困る。

たとえば前回の事件では、屋上のフェンスが壊れていて危険だという理由で、僕たちは事件の現場に入ることもできなかった。理屈は分かる、危険があると分かっているところに誰かが立ち入って怪我《けが》でもすれば責任問題だ。だけどそのせいで、僕たちは警察が洗いざらい捜索した後でなければ現場を見ることもできなかった。他の弁護士仲間に聞いても、似たような事例はいくらでもあるという。たとえば事件現場に血痕が残っていたとする。当然警察は鑑定に回すわけだが、その際にすべての血痕を使い果たしてしまうというのだ。そうなれば当然、弁護側は血痕について警察の鑑定結果を鵜呑《うの》みにする他なくなってしまうという。

「確かに……必ず警察の後手に回されるのは事実ですけど」

「そうだろ？　重要な証拠は警察が手に入れた後じゃなきゃ、俺たちは見ることもできない。もし俺たちが見てないところで証拠の一つも捏造《ねつぞう》されたらどうする？　気付きようがないだろう？」

「でも、そういうことが起きないよう警察も証拠を確保するときには幾つもの手順があるはずでしょう」

「写真を撮ってから採取するとかか？　ならその写真が捏造されてたらどうする？」

「そ、それを言い出したらキリがないと思いますけど」

「ほら出たよ。それだ、つまり捏造の可能性はいつだってゼロじゃないわけだ。次に担当する裁判で捏造された証拠が提出されないってどうして分かるよ？」

「だからって、僕たちが証拠を捏造していい理由にはならないでしょう？」

「そうか？　じゃあ仮にだ、もし検察が捏造した証拠を提出してきたとする。それに対抗するのに、証拠を捏造する以外の方法がなかったらどうする？　無実の罪を着せられた依頼人に、『あなたが無罪だと知ってますが反証できないので残りの人生牢屋《ろうや》で過ごしてください』と言えるのか？　以前にもこんな話したことがあったが」

「……それでも、僕は考えることをやめたくありません。捏造しなくても解決できる方法を探し続けます」

「そんな時間がどこにある？　裁判所は裁判員の拘束時間を減らすために四苦八苦してるんだ。解決できる方法が見つかるまで待ってくれるわけないだろうが」

阿武隈は嘲るように笑った。悔しいけど、僕には反論の術がなかった。

「俺たちは何回こんな議論してる？　もう諦めろよ。俺には俺のやり方がある。おまえさんにそれを強制するつもりはないが、俺にやり方を変えさせるのは諦めた方がいい。付け加えるなら、おまえさんにならいつか理解できると思うぜ。俺のやり方が正しいってことがな」

「……信じられません。僕に証拠を捏造する人の考え方が理解できるとは思えません」

「分からないか？　おまえさんは正しいことをやっていれば報われると思ってる。だからこそ、その思いが裏切られたときの反動も大きい。そのとき絶望したおまえさんは、間違いなく俺みたいになるだろうよ」

予言めいた阿武隈の言葉は、僕に突き刺さった。

ただ——一方で別のことも思った。

「……まるで阿武隈さんにもそんな経験があったかのような言い方ですね」

「そんなわけないだろ。理想に燃える新人弁護士全員に言える、ただの常識論さ」

「その理屈が通るなら、やっぱり阿武隈さんにも言えることじゃ——」

と、僕が言いかけたときだった。僕の言葉を遮るかのように阿武隈が唐突に立ち上がったのだ。

「さて、ちょっとトイレ行ってくる。でかい方だから時間かかるぞ。おまえさんは一人寂しく飲んでてくれ」

僕の返事も聞かずに行ってしまう。阿武隈は本当にトイレに行きたかったのかもしれないが、この場から逃げたようにも見えた。

「やれやれ……」

阿武隈についての肝心なところはいつもボカされてしまう。一体阿武隈の過去になにがあったか、僕が知る日は来るのだろうか。

そんなことを考えながらお酒を注《つ》ごうとすると、

「あらあら、お待ちください。一人でお酒を飲ませたとあってはこの店の名折れです」

女性の声がした。

上品な着物姿の真里《まり》さんがいた。僕に阿武隈の居場所を教えてくれたこともある、顔見知りのホステスだ。余談ながら前回の事件で、知り合いの井上《いのうえ》検事にキャバ嬢《じょう》の格好をさせたのも彼女である。

真里さんは僕の隣に座ると、ボトルを手に取り僕のグラスに注いだ。

「さ、どうぞ」

「ど、どうも」

こんな綺麗《きれい》な女性にお酌をしてもらうのは、確かに少し嬉《うれ》しい気がしないでもない。こういう商売が成り立つ理由が少し分かる。

「本多《ほんだ》先生も、阿武隈先生のお相手ばかりでさぞお疲れでしょう？」

「ええ、確かに。というか疑問だったんですが、なんであの人毎日ここに入り浸りなんですか？　そんなにお金持ちにも見えないんですが」

「あの人、このお店の用心棒なの。だから毎日タダなのよ」

「よ、用心棒!?」

時代錯誤な単語だった。

「確かに体格はがっしりしてる方だと思いますが……そんなに荒事に強いんですか？」

「さあ？　ケンカしてるところなんて見たことないけど。でもそういう意味の用心棒じゃないわ。こういうお店が怖いものって、なにか分かる？」

「キャバクラが怖がるもの……？　警察とかヤクザとかですかね？」

「そうそう、そんなところ。法律が変わったとかでヤクザ屋さんなんかずいぶん大人しくなったんだけど、警察とはまだよく揉《も》めるのよ。東京都の条例も厳しくなって客引きが逮捕されたりとか、酔って暴れたお客さんを押さえつけたら暴行で訴えられたとか、あとこの辺りのキャバクラで薬の取引が行われてる疑いがあるって家宅捜索に来たときもあったわね」

「け、結構色々あるんですね……」

水商売も大変そうだった。

「でも分かるでしょ？　阿武隈さんのおかげで、大体のことはすぐ解決したのよ。客引きが逮捕されたときも阿武隈さんがすぐ釈放させたし、家宅捜索されたときは不当な捜査で営業妨害されたって和解金まで勝ち取ってきてくれたし」

「やりそうですね、あの人なら」

そんな店には確かに警察だって近づきたくないだろう。用心棒というのもあながち間違っていないかもしれない。

「ですが、それでもさすがに毎晩となれば結構お金がかかるんじゃないんですか？　いくら用心棒代わりとはいえ、ペイできないんじゃ……」

「そうでもないの。これ、阿武隈さんには内緒よ？　こういうお店ってね、お酒に二つの種類があるの。開いてるお酒と、開いてないお酒」

「あ、開いてる酒？　開封か未開封かってことですか？」

「ええ、そう。当然だけど、開けてからしばらくたったお酒は風味が落ちちゃったりするのよ。だから常連さんとかには新しいお酒を回すんだけど、阿武隈さんには絶対開いてるお酒しか出さないのよ」

「はあ。阿武隈さん、そういうの気付かないんですね」

「そうね。しかもあの人、下戸《げこ》よ。そんなにお酒飲めないの」

「そ、そうなんですか⁉　確かに飲むペースはゆっくりだとは思ってましたけど。それにしたって下戸で、女性を口説くわけでもないのに、毎日キャバクラ通いですか……。ホント分からない人だ……」

「分からなくもないわ。一人で家にいるのも寂しいからここに来てるのよ」

「そういえば、奥さんと離婚して娘さんの親権も取られたとかって話でしたっけ」

「離婚じゃないわ。死別よ」

真里さんの口から聞かされたのは、驚きの事実だった。

「死別⁉　離婚じゃないんですか？　阿武隈さんの口から離婚したと聞いた覚えがあるんですが」

「違うわ、きっと阿武隈先生は『別れた』としか言ってないはずよ。いつもそうなの。死別したって言うと気を遣われるからって」

「………」

僕は慌てて記憶の糸をたぐり寄せた。弁護士に必要な能力の一つは、条文を覚える記憶力なのだ。

思い出すと、確かに阿武隈は、僕に『妻とは別れた』と言った気がする。ただそれを僕が一方的に離婚したと解釈していただけだ。毎日キャバクラ通いするような人なら離婚も仕方ないだろうと。弁護士失格の思い込みである。

「奥さんが亡くなった原因というのは……？」

「病気だったそうよ。一度ぐでんぐでんに酔わせて聞いたことがあるの」

病気。それればかりは阿武隈にだって手も足も出ないだろう。

「本多先生、この話はどうか内密にお願いしますね。お客さんのプライベートを教えるなんて普段なら絶対しないんですけど」

「分かりました、他言はしません。けど、なぜそんな秘密を僕に？」

「あなたは阿武隈先生と付き合いが長くなりそうですから。いずれ本人の口から聞くにしても、知っておいた方がいいと思ったんですよ」

確かに、ある日突然『妻とは死別だった』と明かされれば僕はどう反応していいか分からなかっただろう。真里さんには感謝すべきだった。

「あれ？　でも待ってください、阿武隈さんには娘さんがいるんですよね？　でも親権は取られたとか。じゃあどなたが娘さんを養育されてるんでしょう？」

離婚したのなら、母親が子の親権を持って行くことは珍しくない。特に日本にはそういう母親有利な風潮がある。だけど母親が亡くなったとなれば、当然父親が親権を持つはずだ。しかもあの阿武隈なのだ、親権を誰かと裁判で争うことになったとしても、余裕で勝ちそうなものだ。

「ごめんなさい、さすがにそこまではわたしも分かりません……。なかなか触れられる話でもありませんから」

「それもそうですね。分かりました、機会があれば自分でなんとかしてみます」

と、そんなとき、トイレから戻ってくる阿武隈の姿が見えたため、僕と真里さんは自然と押し黙った。

「おい、真里。なんでそいつに酌して俺にはしてくれないんだよ？」

阿武隈が僕たちを見て拗《す》ねたような声を出す。

「だって阿武隈先生にお酌しても、指名料入りませんから。その点、本多先生ならサービスしておけばいつか指名頂けそうですし」

さすが真里さんである。さっきまで阿武隈の過去に関わる深刻な話をしていたにもかかわらず、表情一つ変えずに阿武隈の話題に付いていく。僕だったら切り替えが遅れて顔に出そうなものだ。

「おいおい、そんなこと言ったら本多だって似たようなもんだぜ。そいつがキャバクラ通いするような男に見えるか？」

「いえいえ、将来の可能性は誰にも分かりませんよ。ねえ、本多センセ？」

真里さんはにっこりと微笑《ほほえ》み、上目遣いで僕にお酒を注いだ。

「はあ、これはどうも」

なるほど、さすがプロである。ただでさえ僕は女性と接した経験が非常に少ない。

「ありがとうございます。こんな風にお酒を注がれると、確かに常連にでもなってしまいそうですよ」

僕の台詞《せりふ》に、なぜか阿武隈が笑い出した。

「真里、そんなクソ真面目《まじめ》なセリフが出るようなヤツじゃ、やっぱりキャバクラの常連にはならねえよ。もっと顔を真っ赤にしてしどろもどろにでもなってりゃ別だが」

「ええ、そうかもしれませんね」と、今度は真里さんも僕をかばってくれなかった。「本多先生、ひょっとしてちょっと女性の扱い上手《うま》かったりします？　大体のお客さん、今のでコロッといってくれるんですけど」

「いえ、そんなことはまったくありませんが。とにかく、ご期待に添えなかったようでしたら申し訳ありません。でも真里さんにお酒を注いでもらえるのは大変嬉しいですよ」

「あらま、これは本当に手強《てごわ》いわ」

と、僕はあることを思い出して時計を見た。

「あ、すいません、僕はそろそろお暇《いとま》します。明日は人と会う約束があるんで」

「なんだと？　まさかコレか？　コレなのか？」

阿武隈は小指を立ててクネクネさせる。

「違います、伯父《おじ》さんに会うんですよ。たまには食事でもって誘われてまして」

「なんだ、つまらん」

「つまらなくはないですよ、我が家にとっては大恩人ですから。じゃあ真里さん、阿武隈さんにあまり飲ませないようにしてくださいよ」

「ええ、お任せください。飲ませてもお金になりませんし」

「余計なお世話だ、さっさと行け」

「お客さま、お帰りです」

真里さんが言うと、手が空いている従業員がたちまち列を作り、

「ありがとうございました、またのお越しを！」

と一斉に頭を下げる。タダで飲んでた僕にとっては大変心苦しい応対だ。僕は「どうもどうも」と繰り返しながらそそくさと店を後にした。

2

翌日の昼。

僕は伯父さんに指定された店へと向かった。ただ、最初はてっきり店を間違えたのではとも思った。その店というのが、非常にオシャレなイタリア料理店だったからだ。

しかもランチタイムということもあって、店内は女性ばかりだった。とても退職間近の伯父さんが僕と会うために選ぶ店とは思えない。

「信繁《のぶしげ》くん、ここだここだ」

だけど、間違いではなかった。伯父さんはそんな洒落《しゃれ》た店で僕を待っていた。

「ご無沙汰しております、酒井《さかい》伯父さん」

酒井伯父さん、本名は酒井孝司《こうじ》。苗字《みようじ》通りというわけか酒が好きな人で、そのせいか年齢と共に恰幅《かっぷく》がよくなっている。

そして、このとき僕はおかしなことに気付いた。伯父さんと一緒に、若い女性が同席していたからだ。髪の長い綺麗な人である。伯父さんは独身のはずだが、まさか結婚でもしたのだろうか——とも思ったけど、彼女はどう見ても僕より若い。とてもではないけど六〇代の伯父さんと付き合っているようには見えない。

「あの、そちらの女性は？」

「うん、恵子《けいこ》ちゃん……はもうまずいか、恵子さんだ」

「あの、初めまして、榊原《さかきばら》恵子と言います」

彼女は丁寧に頭を下げた。

「ど、どうも。弁護士をやってます本多信繁と申します」

僕も慌てて頭を下げる。

「まあ座れ座れ。彼女は親しかった友人の娘でな。一度おまえに紹介しておきたかったんだ」

「はあ、そうだったんですか」

僕はどうしていいか分からなかった。伯父さんと二人で食事と思いきや、いきなり見知らぬ女性を紹介すると言われたのだから。

「まあそう緊張するな。別におまえたちを見合いさせようってわけじゃない。だが俺にせよおまえの両親にせよ、順番的に先にくたばることになる。いざとなったら同世代で助け合える知り合いは多いに越したことはないだろ？　この機会に紹介しておきたくてな」

「伯父さんは当分死にそうには見えませんけど。でも仰る通りです、今どき若造一人じゃなにもできませんし」

僕はそれを日々痛感している。裁判でも書類でも、先達の手助けがなければ僕はなに一つ満足にできていないのだから。

「それにおまえは弁護士、彼女は看護師だ。一応困ったとき助け合えるだろうしな」

「看護師さんでしたか。それはありがたいです、仕事柄、医療の専門家の人にお話を伺いたいことが度々ありますし」

「そうなんですか？」と、榊原さんは小首を傾《かし》げた。「お仕事は弁護士とうかがってますけど。医療事故とかも扱っていらっしゃるんですか？」

「いえ、僕は今のところ刑事専門なんですけどね。殺人事件の死因の特定とかに医療の知識が必要になるんですよ」

そこまで言ったところで僕は後悔した。

「すいません、食事の席で物騒な話をしてしまいました」

「いえ、わたしは大丈夫です。職業柄、慣れてますので」

「ああ、それもそうですね」

「むしろ俺のために遠慮《えんりょ》して欲しいところだな」

一番の年長者がおどけたように言い、僕たちの笑いを誘った。

「まあとにかく飯でも注文しよう。腹が減って仕方ない」という伯父さんの言葉で、僕たちはまずメニューに集中した。間もなく前菜のサラダが運ばれ、しばし舌鼓を打つ。

「そういえばこいつの信繁って名前、珍しいだろ？」

不意に、伯父さんが僕についての鉄板ネタを持ち出した。

「あ、そうですね。大河ドラマで見ましたけど、信繁ってたしか真田幸村《さなだゆきむら》の……」

僕は苦笑するしかなかった。

「そうなんですよ。父が戦国マニアでして。最初は幸村って名付けようとしてたぐらいで」

「幸村の方はあまりに有名だからって諦めたらしい。信繁の方ならあまり知られてないかららいいかな、なんて感じで名付けたらしいぞ」

「実際、昔は信繁なんて名乗っても『ああ、戦国武将の』なんて言われることなかったんですけどね。そうしたら大河ドラマやっちゃったじゃないですか」

「ええ、見てましたよ真田丸《さなだまる》」

「そうなんです。おかげで最近下の名前が名乗り辛《づら》くなってしまいまして」

「はあ、それは大変でしたねえ」

名乗るときはいささか恥ずかしいこともある僕の名前だが、こういう会話の際は鉄板ネタとなる。

「そういえば、本多さんて弁護士としてテレビに出たってお聞きしたんですけど」

「ああ、それ聞きたかったんだよ。おまえ、弁護士としてずいぶん活躍してるらしいじゃないか」

二人は興味津々と言った目を僕に向けた。榊原さんに遠慮がなくなってきたのはいいが、僕としてはいささかその話には触れづらい。

「いや、あれは僕じゃなくて、僕と組んで仕事をした相方がやり手だったってだけなんですよ。でも彼はテレビなんて絶対出ないタイプですから、代わりに僕がテレビに映されたってだけです」

家族はもとより友人知人と、何度この話をしたか分からない。

「でも、その優秀な方といつも仕事されてるんでしょう？　だったら、認められてるってことじゃないんですか？」

榊原さんが気を遣ってそんな話を振ってくれる。

「そうですね。せめてこの経験がいつか活《い》かせればいいんですけど」

なんとなくだけど、いつか阿武隈とはケンカ別れでもしそうな気がする。ただ阿武隈と共にやってきた裁判が、僕にとって貴重な経験となることは間違いない。腹立たしい事実ではあるけれど。

「でも弁護士って本当にピンキリなんですよ。その優秀な人も、弁護士としてはともかく人としては結構性格が破綻しているところもあって」

「優秀な自営業ってのはどこもそんなもんさ」と、自営業の伯父さんが言う。「そういや弁護士話でよく聞くけど、示談してくれって犯罪の被害者を追いかけ回したりする弁護士だっているんだろ？　それに比べりゃ性格破綻してるぐらいマシだ」

いささか意地の悪い伯父さんの質問に、僕は苦笑した。

「そうでもないんですよ。示談交渉は刑事弁護士の重要な仕事です。僕だっていつかそういったことをやるときがあるかもしれませんし」

榊原さんは小首を傾げた。

「分からないんですけど、弁護士の方が被害者の方を追い回したりすることがあるんですか？」

「ええ。たとえば僕が伯父さんを殴って怪我を負わせたとします。伯父さんが傷害罪で被害届を出せば、恐らく僕は逮捕されます。そこで僕が弁護士を雇って伯父さんに直接交渉してもらうわけです。『お金払うので被害届取り下げて示談してください』って。うまく話がまとまれば、恐らく僕は逮捕されたとしても釈放されます」

弁護士が悪人のような扱われ方をするのはこういうときだ。中には「強姦《ごうかん》事件であっても起訴取り下げを勝ち取りました！」と大々的に宣伝している法律事務所もある。ただ一方で、それが悪いことだとは一概に言えない。弁護士の仕事は依頼人の権利を守ることであり、示談を勝ち取ることは、当然その一つだからだ。

我ながら弁護士のことを悪し様《あざま》に言い過ぎたようだった。榊原さんがどう反応すればいいか分からず戸惑っている。僕は慌てて付け足さざるを得なかった。

「でも最近はそういうこともできなくなってきてるんですけどね。犯罪被害者が弁護士につきまとわれて迷惑してるって苦情が多く出た結果、もう被害者の方の同意がない限り、住所とか教えてくれなくなってるんです。無理に示談を頼み込んだら裁判長に怒られたりしますから」

「へえ、苦情が多いとちゃんと対応するのか。意外だな、法律業界って結構腰が重そうなイメージもあるんだが」

「そういうイメージを持たれるのが嫌みたいですよ、僕たちの業界も。たとえば何年か前に痴漢の冤罪《えんざい》事件が大きな問題になったじゃないですか。だから多くの人が努力して、状況も変わってきてるんです。駅はもちろん、列車の中にまでたくさん監視カメラ付けたりとか」

「監視カメラだけで変わるのか？」

「ええ、もちろんです。当然、痴漢をしてるかしてないかが映像で判別できるようになりますし、痴漢と言えば現行犯逮捕しかできないというのが常識なんですよ。痴漢って証拠が残りにくいんで、その場を抑えるしかないわけですから。だけど今は圧倒的に増えたカメラのおかげで、現行犯じゃなくても痴漢の真犯人を逮捕することが可能になるんじゃないかって言われてるんです」

一時期、『痴漢は現行犯逮捕しかされないから、疑われたらその場から逃げ出すのが一番』なんて話も流れた。だけどそれも昔の話だ。今もっとも有効な対抗手段は、『弁護士を呼ぶこと』という身も蓋もないものに落ち着きつつある。それすらも何年かしたら変わるかもしれないけど。

「あ、それ分かります。病院でもときどき制度的な問題が出てくるんですけど、やっぱり大きな問題としてクローズアップされたことって、数年後にはひっそり解決してたりするんですよね」

「ああ、そうでしょうね。病院なんてストレートに人の命がかかわるところですし」

お役所仕事、なんて言葉もあるぐらいだけど、なんだかんだで日本はその辺の対応はしっかりしている気はする。

「ところでな、付きまとうだのそういった話を振ったのにはちょっと理由があってな」

伯父さんは急に声を潜め、僕に顔を近づけた。一方、榊原さんは困ったように俯《うつむ》く。

「どうしたんですか、あらたまって」

「いや、悪い。実は今日おまえを呼んだのは彼女を紹介したいだけじゃなくてな。弁護士としてのおまえの力を借りたいんだ。相談料でも手付金でもなんでも払うから」

「伯父さん、そんなことは遠慮せずいつでも言ってくださいよ。費用なんて心配しないでください、親戚価格にしておきますから」

「バカを言うな、友人親戚だからこそ費用は真っ当に払うべきだろう。そういうサービス価格は他の客にしてやれ、それが商売ってもんだ」

僕は感銘を受けた。サービスを提供する側から見れば、費用というのは安くするほど宣伝にはなるかもしれないが負担も増す。宣伝の必要がない友人や親戚の関係であればこそ、料金を普通に払うべき——そういうものなのかもしれない。

「ありがとうございます。それで一体どうしたんです？」

「実はな、恵子ちゃんがな、今ストーカー被害に遭ってるらしいんだ」

「それは穏やかじゃありませんね」

弁護士の僕に相談するぐらいなのだ、かなり深刻な状況なのかもしれない。僕は姿勢を正して話を聞く体勢になった。

「詳しく話してください。別れた彼氏さんに付きまとわれてるとかですか？」

「いや、仕事が原因だ。彼女は池袋《いけぶくろ》中央総合病院ってところに勤めてるんだがな、まあ当然入院した患者を看護するのが仕事だ。俺も入院したことはあるが、手術で苦しんでるところをなにかと優しく気遣ってくれる看護師ってのはまさに白衣の天使でな。勘違いする男が出てきたっておかしくないわけだ」

その看護師が榊原さんのような綺麗な女性であれば、尚更《なおさら》惚《ほ》れ込《こ》んでしまう男が出てきても仕方ない気がする。

「つまり、ストーカーは入院していた患者さんですか」

「はい、そうなんです。一ノ瀬《いちのせ》さんって方なんですが」

榊原さんの顔がくもった。

「しかもその一ノ瀬って男がすごくてな。なんだっけ？　外科部長の甥《おい》っ子《こ》だとか言ってたっけ？」

「ええ。もうその患者さんだけみんなで特別扱いしてましたから」

つまり病院のお偉いさんの親族というわけだ。その患者が勘違いするのも分かる気がしてくる。

「具体的にどのような被害を？」

「もう、色々です」榊原さんは絞り出すような声で言った。「最初は病院の前で待ち伏せされてて、付き合って欲しいと言われました。もちろん断ったんですが、諦めてはいただけなくて。尾《つ》けられたのか、住所がバレてしまったらしく、家にたくさん手紙が届くようになりました」

「その手紙、今持ってます？」

「あ、はい。最初は捨ててしまったんですけど、取っておいた方がいいって聞いたものですから」

榊原さんはバッグから手紙の束を取り出した。その量は思っていた以上に多い。あれが札束だったらいいのに、などとしょうもないことを考えてしまうほどに。

「いい判断です。物的証拠があるのはどんなときも有利ですから。じゃあ拝見します」

手紙の内容は、かなり危険だった。

最初は『もう一度会ってお話できませんか』ぐらいの内容だった。しかし、次第にどうして会ってくれないのか、どうして返事くれないのか、返事ぐらいくれたっていいだろう、なら今度は直接会いに行くぞ——と、段々過激さが増していった。おまけに最初は封書だったのが次はハガキになり、最後はただの紙になっていた。切手も、宛先の住所も書かれていない。

「これ、切手も貼られてないんですけど……ひょっとしてご自宅に直接？」

「はい。それどころか、何度か部屋に入られた形跡もあったんです」

「部屋の中に⁉ つまり、窓を割って入られたとかですか？」

「いや、その話を聞いて俺も慌てて駆けつけたんだがな。窓は割れてなかったが、カギがちょっと古いタイプだったんだ。ピッキングでもされたんだろう」

「警察に届け出は？」

「もちろんすぐにしたよ。だが、なにせ部屋が荒らされたわけじゃない。ただ服の置き場所が変わってるとか、その程度だったから警察も取り合ってくれなかったんだ」

「服の置き場所、ですか」

榊原さんは俯いてなにも言わなかった。

それで察する。女性の服。ようするに下着とかそれに類するものだろう。ストーカーからすれば触るだけでも満足できるのかもしれないが、確かにそれだけではと警察が取り合ってくれないのも分かる。

「すぐ別のカギに替えたおかげか、その後は部屋の中に入られることはなかったんだよな？」

「はい。でも代わりに、また帰り道で待ち伏せされるようになって……」

いよいよ危険な話になっていた。

「榊原さんの方からしっかり拒絶はされてるんですよね？」

「ええ。お付き合いするつもりなんてありません、迷惑ですから帰ってくださいと。でも、相手は患者さんですし、外科部長の甥御《おいご》さんですから、あまり強く出られなかったんです……」

それはそうだろう。帰り道に突然現れた男に交際を申し込まれたとして、そうそう強く『お断りします』なんて口にできるわけがない。拒絶の意思を示せただけでも充分だ。

「そのことを病院に報告は？　一応仕事がきっかけで始まったんですから、上司とかに相談するというのは？」

「もちろん上司……看護師長に相談しました」

「結果は？　収まったんですか？」

「ええ、一度は。病院内でも話が広まってしまって、外科部長が慌てて謝罪にきてくれたぐらいでした。でも、三日ぐらい前にまた再発したんです。しかも、一ノ瀬さんの態度が明らかに以前より乱暴になって……」

「それは……根が深そうですね」

一度親族に注意してもらっても効果がない。それがどれほど危険な状況かはなんとなく分かる。僕がストーカーの立場だったら、よくもチクったなと逆上でもしそうなものだ。

「病院側にはそのことも言ったんですか？」

「はい、もちろんです。でも看護師長に言われたんです。病院側としてはこれ以上問題を大きくしたくないから、なんとか内々で話し合って解決できないかって」

「話し合って解決？　つまり病院は関与しないってことですか」

「どうもそうらしい」と伯父さん「相手が外科部長ってお偉いさんだからか、看護師長もこれ以上文句を言えないらしいんだ」

「それは……ひどい話ですね」

甥、つまり親族が同じ病院の看護師にストーカー行為をしていたとなれば、その外科部長もさぞ立場がないだろう。問題になった以上、対処はせざるを得ない。だけど一度ならともかく、二度ともなれば？　看護師長が外科部長に気を遣ってそれ以上話を大きくしないよう、内々で話し合って相談しろと指示するというのはあり得るだろう。あるいは、外科部長が看護師長に圧力をかけた可能性もある。もちろん、双方の事情を聞かない限り分からないが。

「な？　ひどい話だろ。だから俺はそんな病院やめちまえって言ったんだがなあ」

「でも今わたしが担当してる患者さんもいますし、あまり経歴もないうちにやめるわけにはいきませんから」

榊原さんの考えはよく分かる。

僕は今、給料をもらわない代わりに法律事務所に所属させてもらっている、軒下弁護士という身分だ。お世話になっている事務所関係者にストーカー行為をされたとして、すぐ辞められるかと言えばイエスとは言い難《がた》い。一年も経《た》たずに所属する法律事務所を変えた、なんて履歴書に書けば、次の就職が苦しくなることだけは間違いないからだ。

「ってわけで、もうしょうがないから警察にストーカー対策の相談をしろって恵子ちゃんを説得したのが昨日《きのう》ってわけだ。病院を巻き込んでないから別にいいだろって」

「ええ。僕それが一番だと思います。警察から警告が出されればストーカーの考えも変わるかもしれませんし」

「あの、本当に大丈夫でしょうか？　それで病院や患者さんに迷惑がかかるようなことってないんでしょうか……？」

「大丈夫です。仮に警察に届け出たとして、ストーカーに警告が出されるか、公安委員会から禁止命令が出るだけですから、病院に連絡が行くことはないはずです」

「そうでしたら、本当に助かるんですけど……」

「いいじゃないか、それならやるべきだ。弁護士のおまえが付き添えば、警察もすぐ動いてくれるんだろ？」

「うーん、それはちょっと誤解が。弁護士がいるからって便宜を図ってくれるようなことってないんですよね」

ましてや僕のような警察に嫌われていそうな弁護士なら尚更だ。

「そうなのか？　弁護士が付き添えば必ず警察が被害届を受理してくれるとか聞いたことがあるんだが」

「もちろん、そういうことも皆無じゃないのかもしれませんけど。でもやっぱり日本の警察って相当しっかりしてますよ。ひたすらルールにのっとって正しく法を運用するって感じで。ようは犯罪を構成する要素を正しく説明さえできれば、警察は動かざるを得ないんです。弁護士がいてもいなくても同じです」

とはいえ、警察も人手の限界はある。どうしても捜査の手が足りなかったりする時期などでは、難癖を付けて被害届を受理してくれないこともあるらしいけど。

「ようするに、ストーカーされてるという物的証拠さえあれば警察もすぐ動いてくれると思うんです。さっき見せてもらった手紙以外にもなにかありますか？」

「ビデオならあるぞ。一度俺が張り込んで撮ってやった」

「え、ホントですか!?」

「ああ、ほら」

伯父さんはスマートフォンを取り出し、「動画の再生どうすんだっけ？」と悪戦苦闘しつつ、ある動画を僕に見せてくれた。

まず画面の中央に、怪しい男の後ろ姿が見えた。撮影時刻が夜なのか暗くてよく分からないが、どうやらどこかのアパートかマンションの二階部分をしげしげと見つめている。

恐らくスマートフォンを持ったまま背後から伯父さんが近づいて行ったのだろう。動画が大きく揺れ、段々とその怪しい男がアップになっていった。体格は僕と同じようなやや細めと言った感じだが、背はそれほど高くない。

『こら、またおまえか！』

伯父さんが声をかけ、男が振り返る。ストーカーと言うことだが、意外なほど普通の顔立ちだ。ただ、どこか思い詰めた表情をしているようにも見える。

『な、なんだよ！　僕は榊原さんに用があるんだ！　あんたには関係ないだろ！』

『あの子の方はおまえに用なんてないんだよ！　ここには二度と来るなと言っただろ！』

『榊原さんの口から聞いてないんだ、信用できるか！　榊原さんは絶対僕と結婚すべきなんだ！』

もみ合いにでもなったのか、やがて動画は途中でブツッと途切れた。

「ま、こんな感じだ。これなら証拠にならないか？」

「ええ、多分大丈夫です」

伯父さんの勇気と行動力には脱帽だった。日本で裁判所や警察署を動かすには、なによりも物証だ。ストーカーが日常的に待ち伏せしていたことの証明となるこの動画があれば、充分に警察を動かせるだろう。

「でも問題が。警察に行ったからって一日二日で状況が劇的に改善するとは思えません。その間、榊原さんの安全はどうやって確保しましょう？」

「ああ、それなら一応対策は打ってる。今は自宅から少し離れた場所にあるビジネスホテルに泊まってもらってるから」

「なるほど。いい考えです」

それなら、警察が動く時間ぐらいは稼げるだろう。

「それだけじゃないぞ。実は今、病院近くにある料理教室にも一緒に通ってるんだよ」

「え。料理教室？　伯父さんがですか？」

「俺も独り身が長くてな、料理はちょっとした趣味なんだ。ってまあそこは別にいいだろ、とにかく夜から始まる会社員向けの料理教室ってのがあってな、そこに恵子ちゃんにも来てもらってんだよ。そうすりゃ毎晩しっかりした飯も食えるし、帰りは俺が送ってやれる。実際、最近はストーカーともまったく鉢合わせてないんだよな？」

「はい、おかげさまで……」

「分かりました。なら問題ありません、明日にでも警察に行きましょう」

「ありがとうございます、急な話ですみません」

「大丈夫ですよ。ぶっちゃけ最近はちょっと暇ですから」

現在、僕の仕事はまったくない。財布事情からすれば、この相談はありがたいぐらいだった。

「さて、話もまとまったことだし、じゃあそろそろ出るか」

「あ、すいません。わたしちょっと……」

と榊原さんが部屋の隅を指差して立ち上がった。化粧直《けしょう》しかトイレか、いずれにせよ僕としては「どうぞお気になさらず」と送り出すだけである。

ところが榊原さんがいなくなった瞬間、伯父さんの様子が変わった。

「なあ、あの子美人だったただろ？」

妙ににやついた顔でそう話を切り出してくる。

「ええ、確かに綺麗な女性ではありますね」

「おまえもいい歳《とし》だし、しっかりした人間だってことは知ってる。おまえなら口説いてもいいぞ？」

この展開は予想できなかったわけではなかった。

「伯父さんがいきなり初対面の女性を連れてきた以上、そういうことも考えてたとは思ってましたけど。でもとてもじゃないですけど、社会に出たばかりの新人の僕に女性を口説ける余裕はありませんよ」

「おまえならそう言うと思ってたよ。だがそんなこと言ってたらあっという間に三十路《みそじ》過ぎてオッサン化するぞ。オッサンになって若い女口説くのは大変だぞ。自称オッサン好きの女なんてキャバ嬢ぐらいしかいないだろうしな」

伯父さんの経験談なのだろうか。妙に真に迫っていた。

「分かりました。とにかく向こうが僕をどう思ってるか分からない以上、むやみやたらと連絡する気にはなれませんが、連絡は絶やさないようにしてみます」

「おう、そうしてくれ。実はな、恵子ちゃん、両親を亡くしてるんだ。父親が病気で、母親が交通事故でな」

「そうでしたか。いや、薄々そうじゃないかとは思ってました。ストーカーに家に入られたとき、駆けつけたのが伯父さんだって言ってましたし」

そこは本来なら両親や恋人が駆けつける場面だろう。

「ああ、あいつの父親には借りがあったし、俺には子供もいないからな。以前から後見人みたいなことをやってるんだ」

世話好きな伯父さんらしい。

「ただ、それでも恵子ちゃんは相当心細いはずだ。反抗期真っ盛りの十代なら親なんて邪魔なだけだろうが、社会に出た後に手っ取り早く頼れるのは両親だからな」

「ええ、そうですね」

アパートを借りるにしたって保証人がいる。そんなとき、親がいないと一苦労だ。社会に出た後だからこそ、僕も両親のありがたさはよく分かる。

「で、相談役と言えば弁護士の方が適任だろ？　付き合う付き合わないはこれ以上どうこう言わんが、それ以外の部分は彼女を助けてやってくれないか。俺への恩を返すつもりでいいから」

「分かりました。僕も一応困ってる人のために弁護士になったつもりですから、できる限り力になりますよ」

彼女と今後どうなるかなんて分からないが、それだけは約束できる。

僕の言葉に満足したのか、伯父さんも「頼んだぞ」と大きく頷《うなず》いた。

「そういえば、僕も伯父さんに聞きたかったことがあるんですけど」

「ん？　なんだ？」

「昔、僕の父親が逮捕されたとき、弁護士を紹介してくれたじゃないですか」

「ああ、あったな。痴漢容疑で逮捕されたヤツか」

「それです。そのとき父に紹介した弁護士の名前を教えてもらえませんか？　僕もずっとお礼が言いたかったですし、弁護士になったことを報告したいとも思いまして」

「そりゃいい、先方も喜ぶだろ。あれ？　しかしなんて名前だったっけな？　なにせ二〇年も前のことだしな」

「え、伯父さんの知り合いの方じゃないんですか？」

「ああ、俺も人伝《ひとづて》に紹介してもらっただけだからな、優秀な弁護士がいるって。うーん、なんつったかな」

「……ア行から順番に並べていったら思い出しませんか？」

「なるほど。うーん、愛原《あいはら》、相川《あいかわ》、安藤《あんどう》……」

「安部、阿武隈、とか」

「うーん、覚えがまったくないな。多分ア行じゃなかった気がする」

「そうですか」

年齢的にあり得ないことは分かっているが、本当に阿武隈だったと言われなくてよかった。

「ってか、俺じゃなくておまえの親父《おやじ》さんなりお袋さんなりに聞けばいいだろ。さすがに覚えてるだろうし」

「それが……どういうわけかいつもはぐらかされるんですよ。おまえが気にすることじゃないとか言われて」

「そりゃ奇妙だな、助けてくれた弁護士の名前も明かさないって。まあいいさ、そういうことなら調べておいてやる」

「はあ、ありがとうございます。よろしくお願いします」

と、そのときちょうど榊原さんが戻ってきた。

「すいません、お待たせしました」

「いやいや、男なんて待たせとけばいいさ。じゃ、行くか」

当然のように伯父さんが伝票を手に取り、ひとまず解散となった。

結局のところ——。

伯父さんに頼んだ件についてはうやむやになってしまうことになる。このあと起こった事件のせいだった。

第二章　一人目の被疑者

1

翌日、僕は榊原《さかきばら》さんと警察署へ向かった。

警察署の名前は板橋《いたばし》警察署。その生活安全課へ出向いて事情を説明する。

警察に嫌われている僕がいて大丈夫かちょっと不安だったものの、

「なるほど、お話はよく分かりました」

書類を受理して必要な話を聞き終えた警察官は、僕たちを安心させるように真剣そうな顔をしてウンウン頷《うなず》いた。

「要件は満たしているようですね。手紙や動画を見る限り、いつそのストーカーの行動が悪化するか分かりません。弁護士さんから聞いているかもしれませんが、こういう状況であればすぐに警察から警告を出せると思います」

「ありがとうございます、よろしくお願いします」

榊原さんは深々と頭を下げた。

「もし警察による警告に効果がなければ、公安委員会から禁止命令を出していただけるんですよね？」

念のため僕は訊《たず》ねた。

「ええ。安心してください、ストーカーには警察も散々苦汁を舐《な》めさせられた経験がありますからね。大体のケースは警告を出せば収まるんですが、もし効果がないようでしたらすぐさま禁止命令が出ます。そうなったら逮捕もすぐですから」

過去に社会問題化したことについては、どこもわりとしっかり対応しているようだった。

「しかし誠心誠意看護した相手がストーカーになるとは、看護師さんの仕事も大変ですね。いや、私も入院した経験があるから分からないでもないんですけどね。手術終わって痛がってるときに看護師さんが来ると天使かと思ったもんですよ」

伯父《おじ》さんと同じようなことを言う。僕は幸い経験がないが、入院でひどい目に遭った人は多かれ少なかれそういう考え方になるのかもしれない。

「あの、それで色々と支障が出るかもしれませんし、職場の方にはできる限り今回のことは知らせたくないんですが……」

「分かりました。ただ、こればかりはなんともお約束できません。まず大事なのは身の安全ですから。どうしても必要な場合、職場の方にもなんらかの連絡をすることはありえます。どうかご理解ください」

警察からすれば当然だろう。むしろそこまで彼女の身を案じてくれているのはありがたいと言うべきだろう。

「それから、ご自宅や勤務先周辺の警戒を強化するよう手配もしておきます。今のところ警察としてできるのはこれが限界なんですが……」

「いえ、充分です。本当にありがとうございます」

榊原さんが頭を下げる。僕も「どうぞよろしくお願いします」と、彼女に倣った。

「ま、天敵の弁護士が来たからって必要な仕事をしなかったとなれば大問題になりますからね。ご安心ください。やるべきことはしっかりやりますから」

それは弁護士一般のことを指して言っているのか、それとも阿武隈《あぶくま》と組んでいる僕のことを言っているのかは分からなかった。

◆

「意外と簡単に終わりましたね」

警察署を出たところで、榊原さんは僕にそう話しかけた。

「やっぱり本多《ほんだ》さんがいてくれたおかげだと思います。本当にありがとうございました。わざわざ日曜日を潰してまで」

「とんでもない、僕なんて突っ立ってただけですよ。ストーカー問題はずいぶん社会問題化しましたから、警察の対応も改善されてたんでしょうね」

ストーカー事件は数年前に大きな問題となり、いつも警察の対応が遅いと非難されてきた。痴漢冤罪《えんざい》もそうだったが、そういった問題に関係部署が年々取り組んできた結果が今に繋《つな》がっているのだろう。

「ところで警察は対応を約束してくれましたが、今日中にすぐさま状況が改善されるとは限りません。しばらく家の方には近寄らない方がいいと思いますが……」

「ええ、数日はビジネスホテルから病院に通うつもりです」

「ですよね。でしたら多分大丈夫でしょう」

「あ、でも護身用のグッズぐらいはやっぱり持っていた方がいいんでしょうか？」

「そうですね、ないよりいいと思います。防犯ブザーとか、人を呼べるようなものはあっても困らないでしょうし。なにかお持ちですか？」

「防犯ブザーですか、今はないですけどそういうことでしたら買っておきます。あ、でも包丁とかでしたらよく持ち歩いてるんですけど」

彼女は笑いながらとんでもないことを口にした。それは普通に銃刀法違反である。

「包丁を？　なんでまた？」

「最近、仕事帰りに料理教室に通ってるんです。それで……」

「ああ、そういえば伯父さんも言ってましたね。理由があって持ち歩くならいいんです、ただ護身用の道具としては使えないんですよね。持ち出した瞬間に銃刀法違反になってしまうので」

「わたしも料理に使う包丁で人を切るなんて嫌ですけど……。そういうのって正当防衛にもならないんですか？」

「ええ、銃刀法って色々厄介でして。『正当な理由なく一定以上の刃渡りのあるナイフを持ってはいけない』みたいな話は聞いたことあります?」

「ええ、よく聞きますね。それで漫画家さんが捕まったこともあるとか」

「ようは正当な理由があれば問題ないんで、漫画家がカッター持ってたりとか、料理人が包丁持ち歩く分には結局罪になることはないんです。ただ、たとえば警察に職務質問されて包丁を持っていることが明らかになった場合、自分が料理人で包丁を持ち歩く正当な理由があることを証明するまで警察も解放してくれないでしょうね」

「はあ。つまり、包丁を持ち歩く正当な理由があっても、それを警察に事情を説明する義務が生じるってことでしょうか?」

「そんな解釈で大丈夫だと思います。ただ、たとえ正当な理由があって包丁やナイフを持っていたとしても、それで人を傷つけたりするとその瞬間に正当な理由はなくなってしまい、銃刀法違反と恐らく傷害罪になるんです。法律では、基本的に包丁やナイフで人を傷つけることはすべて罪になるんです。もちろん、情状酌量の余地がある場合は考慮してくれる可能性はありますが」

「分かりました。とにかくなにかあっても包丁は使わないようにします」

榊原さんは冗談めかして言った。

2

警察の動きは迅速で、相談に行った翌日にはストーカーに警告が出されたことが僕たちにも伝えられた。そのためかどうかは分からないが、それから三日は平穏そのものだった。

ところが、事態は風雲急を告げる。警察に行った四日後の木曜日の夜、僕が晩飯の材料を調達するため、スーパーに寄っていたときのことだった。

着信があったのだ。酒井《さかい》伯父さんからだった。

「はい、本多ですけど。どうしました？」

『すまないが、弁護を頼めないか。すぐにでも警察に逮捕されそうなんだ』

僕が受けた衝撃の大きさを、一言で表現するのは不可能だった。

伯父さんは、およそ警察や揉《も》め事《ごと》とは無縁な人だ。その伯父さんに一体なにが起ったら警察に逮捕されるような事態になるのかさっぱり分からなかった。

「なにがあったんですか？　逮捕されるようなことをしたんですか？」

『人を……刺してしまったんだ。恵子《けいこ》ちゃんにストーカーがいると言っただろ。そいつが恵子ちゃんを連れ去ろうとしてるところに出くわしてな。刺し殺してしまったんだ』

僕は再び衝撃を受けつつも、事態を察した。

榊原さんをストーカーしていた人物を、伯父さんが刺した。あり得る話だった。恐らく警察の警告は、効果がなかったのだ。ストーカーは逆上し、榊原さんになんらかの危害を加えようとしたのかもしれない。だとしたら、伯父さんが刺すような事態にもなり得るかもしれない。

「榊原さんは無事なんですか？」

『少し額を打ったみたいだ。救急車は真っ先に呼んだんだが……』

「額を打った？　救急車も？」

状況は、僕が思っていた以上に切迫しているようだった。

「とにかく、その場所を教えてください。急いで僕も行きますから」

『ああ、ここは――』

伯父さんから居場所を聞きつつ、僕は大通りに出てタクシーを探そうとしていた。

『きゃあああああああああああ!?』

そのときだった。スマートフォンの向こうから、甲高い女声の悲鳴が聞こえた。ただし、榊原さんのものではない。

『誰か、誰かきてええええ！』

「お、伯父さん？　どうしたんです!?　今の悲鳴は!?」

『いや、通行人の女性に見つかってしまってな。ああ、まずいな。大通りの方からどんどん人が来る』

伯父さんの状況が非常にまずいことだけは分かった。ストーカーを刺し、目撃者もどんどん増えているという。だけどあまりに情報が断片的で、僕にはどう助言すればいいのか分からなかった。

「お、伯父さん。とにかく今すぐ警察に電話してください。自首ということになれば罪が軽くなりますから。ただし警察に逮捕されても『弁護士と相談するまで黙秘する』と言い続けてください。僕も今すぐそっちに行きますから」

『分かった、じゃあとにかく切るぞ』

警察に通報するため、伯父さんは僕との通話を切った。

一方、僕はこれから自分がしようとしていることを苦々しく思っていた。スマートフォンの電話帳から、ある番号を呼び出そうしていたのだ。

正直、その番号を呼び出すことには大変な躊躇《ちゅうちょ》があった。だけど、伯父さんは僕にとって恩人。その伯父さんの弁護が僕一人で務まるかと言えば疑問がある。ただでさえ事態は急を要する。裁判ならともかく、こういった状況でどう行動すればいいかという経験は、僕にはまだ不足しているのが現実なのだ。

だから――僕は再び電話をかけた。〝悪魔の弁護人〟に。

『げらげらげらげら！』

子供じみた、わざとらしい笑い声が聞こえてきた。

『ほらきた、おまえさんからの電話だ！　さてはまた厄介な弁護依頼を引き受けたな？今度は強盗犯の弁護でも引き受けたか？』

阿武隈という男の、こっちの状況を見透かしてるようなところが大嫌いだった。だけど、今は他に頼れる人がいない。もっと弁護士として成長しようと心に決める。二度と阿武隈に電話せずに済むように。

だけど、今はそんな状況ではない。僕は心を押し殺して端的に状況を伝えようとした。

「すいません、事件です。僕の伯父が、さっき人を刺し殺したと電話してきました。どうしたらいいか、ご助言をお願いできませんか？」

『また殺人事件の弁護だと？　おいおい、確かこれで三件連続殺人事件だろ。おまえさんはなにか、ミステリー小説の主人公かなにかか？　よくもまあ毎回毎回殺人事件に関われるもんだ』

「やめてください、物騒なこと言うのは。僕だって困惑してるんです、なんで本当にいつもこんな事件ばかりなのか……」

『いや勘違いするな、うらやましいぐらいだ。コナンや金田一みたいに周囲でしょっちゅう殺人事件が起きれば、俺たち弁護士も食いっぱぐれることがないからな』

「あなたに電話したのが間違いでした。失礼します！」

冗談を聞いていられる心境ではない。僕は怒りにまかせて通話を切ろうとした。

『待て待て待て冗談だよ冗談。よく考えろ、おまえさんは俺を雇わざるを得ないんだ。依頼人は伯父さんだっつっただろ。弁護士が親族の弁護したって裁判員はなにも聞いちゃくれねえだろ』

「……悪魔ですよあなたは。本当に」

僕は通話切断を思いとどまらざるを得なかった。

親族の証言は軽んじられやすい。甥《おい》の僕が伯父さんをいくら弁護したって、どれだけ他人が聞く耳を持ってくれるか分からない。僕一人で伯父さんの弁護はできず、そして腹立たしいことに、助力を頼めそうな弁護士と言えば阿武隈しかいないのだ。

『それにな、親戚が殺人容疑で逮捕されるとなれば冷静じゃいられないのは分かる。だが弁護士がそんなにカリカリしてなんの得がある？　こんな状況だからこそ、冗談の一つも言える余裕を持つべきさ。だろ？』

こういうときに正論をぶちかます阿武隈は、つくづく好きになれない。

「仰《おっしゃ》る通りかもしれません。分かりました、とにかく僕はどうしたらいいんでしょう？」

『むしろ俺が聞きたいな。おまえさんはその伯父さんにどうしろと言った？』

「とにかく警察を呼んで自首してくださいと言いました。僕もすぐ行きますから、それまでは黙秘してくださいと」

『バカかおまえさんは』

もう阿武隈に罵倒されるのも慣れてきた感があった。

「すいません、なにがいけなかったんでしょうか？」

『警察なんぞ呼んでどうする。まず警察より先に俺たちが現場に入るべきなんだよ。そうすりゃ警察に先んじて証拠を奪えるだろ』

「……それ証拠を隠すって意味じゃないでしょうね？」

『人聞きの悪いことを言うんじゃない、警察が証拠請求してくりゃいくらでも見せてやるさ。ま、そうじゃなきゃ黙って持っておくがな。別になにもおかしくはないだろ？　ようはサツどもがやることを俺たちが先にやるってだけさ』

　そう言われると、それほどおかしくないことのような気がしてしまう。

「でも今回は無理だと思います。すでに他の通行人に目撃されてしまったようですので、伯父さんが通報しなくても他の人が通報してるでしょうし」

『なんだ、それを早く言え。じゃあしょうがねえ、そういうときは良い子ちゃん演じて心証を良くするに限る』

　いちいち利益に絡めないと行動できないんだろうか、この人は。いや合理的というべきかもしれないが。

『となると、自首を勧めたのは結果的に正解だったたな。殺人事件だ、だとすりゃどのみち最終的には逮捕されて起訴される。なら今のうちに現行犯逮捕でもされた方がこっちとしちゃありがたい。おまえさんも弁護士なんだから分かるだろ？』

「え？」

　少し考え込んだ。

　だけど、今回は分かりやすいヒントは出ていた。弁護士ならすぐ分かる意味。

「そうか。任意同行じゃ弁護士を呼ぶ権利がないからですね？」

『そうだ。その点、逮捕された方が接見しやすい。それから伯父さんの居場所は分かるんだろ？　連行されそうな警察署を調べろ、場所から管轄は分かるはずだ』

「分かりました。今すぐ駆けつけるわけですね？」

『ああ。幸いもう夜だ、向こうも人権への配慮から夜中にどぎつい取り調べはできん。その間に接見するぞ、俺も行ってやる』

極めて不本意ではあるけど、阿武隈に電話してよかったと思ってしまった。これからどうすべきかを合理的に指示してくれるので、僕の不安はだいぶ消し飛んだようだった。

『ところでおまえさん、金持ってるか？　今タクシー代持ってなくてよ、向こう着いたら立て替えてくれ』

「……分かりました、なんとかします」

現実とは非情である。大きな恩のある伯父さんだが、手付金は払ってもらわないと弁護活動に支障が出そうだった。

◆

スマートフォンとはつくづく偉大なものだと思う。僕は伯父さんから居場所を聞き、その正確な住所を確認。地図アプリから、管轄する警察署が池袋《いけぶくろ》警察署だということが分かった。この間、五分もかからない。

そのことを阿武隈にも伝えると、すぐさまタクシーを拾い、僕も池袋警察署へ向かう。タクシーで移動中、また着信があった。これが友人知人からの連絡なら今は保留するところだったが、相手の名前を見て僕は慌てて出ざるを得なかった。榊原さんだったのだ。

「もしもし、本多ですけど」

『あ、本多さん！　よかった、わたしです、榊原です』

通話の裏からピーポーピーポーという特徴的な音が聞こえてくる。恐らく救急車の中なのだろう。

「知ってます、大丈夫ですか？　またストーカーに襲われたと聞きました」

『そうなんです……。全然覚えてないんですけど、頭を打って気を失ってたらしくて、今救急車の中なんです。これから池袋中央総合病院に運んでくれるそうです』

聞き覚えのある名前だと思ったら、榊原さんの勤め先だ。病院近くの料理教室に通っているのだから、必然的にそこへ運ばれることになるのだろう。

『でもどうして本多さんがそのことをご存じなんですか？』

「ええ、酒井伯父さんから連絡があったんです。偶然現場に居合わせたとかで、救急車を呼んでくれたそうですよ」

『そうだったんですか!?　あれ、でしたら酒井さんは今どこなんでしょう？　さっきから電話しても繋がらないんです』

救急車で運ばれている最中の彼女を心配させたくはない。「伯父さんは恐らく逮捕されてます」とはこの状況では言えなかった。

「安心してください、伯父さんとは連絡を取り合ってますから。そんなことより榊原さんこそ大丈夫ですか？　怪我《けが》は？」

『ちょっと頭痛がします、おでこを強くぶつけたらしくて。救急隊員の方によると、大した怪我ではないみたいなんですけど』

ぶつけたのが頭というのは心配だが、当然搬送先の病院で精密検査もしてくれるだろう。

「それは不幸中の幸いですね。ところで、一体なにがあったか詳しく教えてもらえませんか？」

『それが……本当に覚えてないんです。勤務先の病院を出て、料理教室に向かっていた途中で……あのストーカーに出会ったことはボンヤリ覚えてるんです。逃げようとした覚えもあります。でも、その先がまったく思い出せなくて……』

出会い頭に頭を殴られた、あるいは逃げようとしたところを後ろから突き飛ばされたといったところだろうか？　結果的に額を打ち、意識を失ったのだろう。

「分かりました、とにかく榊原さんはご自分の体を第一に考えてください。僕もできるかぎりの尽力はしますから」

『ありがとうございます、お願いします』

通話を切る。僕が池袋警察署の前に来ると、あの悪魔はすでに来ていた。

「早いですね、阿武隈さんにしては」

「一言余計だよ。弁護活動ってのは警察に逮捕される前後が一番効果的だからな。こういうときぐらいはかっ飛ばすさ。っつってたまたま道路が空いてたってだけだけどな」

「裁判がある日も、その調子でもう少し早起きしてくれると助かるんですが」

「いやそれは無理だ。朝は眠いし」

無駄な会話をしながら僕たちは警察署へ足を踏み入れると、すぐさま伯父さんへの接見を要求した。

「こちらに、先ほど逮捕された酒井孝司《こうじ》という人物が拘束されているはずです。僕たちは弁護を依頼された弁護士です。大至急接見したいのですが」

窓口の警察官は、失礼にならない範囲で渋そうな顔をした。気持ちは分かる。僕たちは立場的に対立せざるを得ないからだ。

「少々お待ちください。調べてみます」

彼は席を立とうとしたが、そこで声をかけたのが阿武隈である。

「待ってやるのは三分だけだ。こんな夜中に取り調べなんてしてるはずねえからな、やってりゃ人権侵害だもんな。俺たちをすぐさま接見させない理由なんてどこにもねえよな？あと、おまえさんの名前教えてくれるか？　いや別に苦情申し立てたりするつもりはないからさ」

「……ですからお待ちください、調べてみますので」

彼は青い顔をして今度こそ席を立った。

「阿武隈さん、いちいちあんなセリフで恫喝《どうかつ》しなくても……」

「した方がいいに決まってんだろ。そりゃ俺たちが接見を要求すりゃ向こうも認めざるを得ないさ。だが理由つけて待たせるぐらいのことは平気でするぜ、あいつら」

確かに、意図的か理由があってのことかは分からないか、接見のときよく待たされるのは事実だった。

間もなく別の警察官がやってきて僕たちを接見室に案内してくれた。阿武隈の恫喝が功を奏したのかと思いきや、接見室にはまだ伯父さんの姿がない。

「まずいぞ、この分だとまだ取り調べしてるな。案内するフリして時間を稼いでるんだ」

「え。でも夜間の取り調べってそんなに簡単にできましたっけ？」

「警察署長の承諾があればできるんだ、事実上、やりたい放題さ。こりゃ面倒だ、俺たちが接見できたとして、その間に警察は次の手に出るだろうしな」

阿武隈の言っていることがすべて的を射ているとは限らない。でも、恐らくその通りなのだろう。被疑者《ひぎ》の取り扱い方や、弁護士のあしらい方は警察の方が手慣れているだろうし。

「そういうことでしたら、とにかく僕たちも時間を大切にしましょう。今のうちに僕の知ってることをお話しておきます」

「いい心がけだ、俺もそれを聞こうと思ってた。詳しく話してくれ」

僕は知る限りの情報を伝えた。

今回の事件の関係者は、おそらく三人。まず酒井孝司。僕の伯父で、被疑者だ。

二人目は榊原恵子。伯父さんの恩人の娘さんとかで、伯父さんが後見人のようなことをしていという。

そして三人目が一ノ瀬努《いちのせつとむ》。榊原さんにストーカー行為をしていた人物で、今回の事件では被害者ということになる。

僕が伯父さんと榊原さんに会ったのが六月二五日。そこで僕はある相談を受けた。榊原さんの職業は看護師であり、以前看護していた患者——一ノ瀬努からストーカー行為を受けているということを。そこで翌二六日の日曜日、僕が付き添って警察にストーカー被害を訴えた。

「ストーカーねえ。その警察に提出した動画とか今見られるか？」

「ええ、一応は」

スマートフォンの便利さをつくづく実感する。伯父さんからもらった動画を再生して見せる。

「また痩せた陰気そうなストーカーだな」

弁護士らしからぬ、先入観に満ちた発言だった。

「しかしおまえさんは選択肢間違えたな。そんなの警察の力を借りても仕方ねえ、俺に言うべきだったな。そうすりゃコワモテの見た目がヤクザみたいなヤツ貸してやるからよ。そいつに一発脅してもらえればそれで解決する案件だぜ？」

「……参考にしときます」

つくづくこの人は警察が嫌いなんだなと思う。

「とにかくそれから四日経《た》った今日、つまり六月三〇日の午後七時ごろ、いきなり伯父さんからストーカーを刺してしまったという連絡があったんです。ストーカーが榊原さんに襲いかかろうとしているところに出くわしたとかで」

「そりゃまた偶然にもほどがあるな。なんでまたそうタイミングよくそんな場面に遭遇できたんだ、その伯父さんは？」

「伯父さんと榊原さんは同じ料理教室に通っていたそうですから。偶然というよりは必然だったのかもしれません」

「それならあり得るか。本人から聞いてみないとなんとも言えんが、後見してる娘がにっくきストーカーに襲われてりゃ、刺し殺したっておかしくないしな」

　言い方は物騒だが、そうなのだ。伯父さんは榊原さんのことを実の娘のように扱っていた節もある。

　と、そのときだ。ようやく伯父さんが接見室に入ってきた。警察の取り調べを受けていたせいか、顔色はよくなさそうだが見たところ体に異常はなさそうだった。

「ああ伯父さん！　よかった、接見できて」

「ああ、来てくれたか。すまない、こんなことになるなんてな」

「そんなことは後回しです。とにかくまず紹介しておきます、こちら、僕とよく組んで仕事をしている弁護士の阿武隈さんです。二人で伯父さんの弁護をしますから」

「よろしくな。俺がいるからには大船に乗ったつもりでいるといいさ」

阿武隈はふんぞり返って言った。一応、大きな態度を示すことで相手を安心させようとしているのかもしれない。

「ああ、あなたがあの……。甥《おい》っ子《こ》からよく話は聞いてますよ」

「俺のことがどう伝えられてるかは気になるが、とにかく今は時間が惜しい、なにがあったかを洗いざらい話してくれ。敬語や言い回しなんてどうでもいい、とにかく事実のみを端的に話して欲しい」

「あ、ああ、分かった」

伯父さんは当時のことを思い出すように、目を瞑《つぶ》った。

「今日の午後七時ぐらいのことだ。俺はいつも通ってる料理教室に向かってたんだ」

「榊原さんと一緒に通ってる料理教室ですね？」

「ああ、それだよ。その教室というのが大通りから一本裏手に入ったところにあるんだけどな。そこへ行く途中で、恵子ちゃんの叫び声を聞いたんだ。なにか揉めてるような声だった。例のストーカーの件もあるだろ？　何事かと思って慌てて声の方に向かったら、予想通りでな。あの一ノ瀬とかいうストーカーが、恵子ちゃんをどこかへ連れ去ろうとしてるのが見えたんだ」

残念ながら警察の警告で思いとどまるようなストーカーではなかったらしい。

「当然、伯父さんは止めようとしたわけですね？」

「ああ、そうだ。だけどな、俺はあまり腕っ節に自信があるわけじゃない。ただちょうどそのとき料理教室で使う包丁を持ってたんだ」

包丁。その言葉に嫌な予感を覚える。

「もう分かるだろ？　恵子ちゃんを離せと威嚇《いかく》のために包丁を振り回していたら……犯人の首筋に突き刺さってしまったんだ」

ありえそうな話だ。だけど、伯父さんもそのときは必死だったのだろう。無理からぬ結果と言える気もする。悪いのはストーカーなのだ。

「事情はよく分かりました。そういうことなら正当防衛にできるかもしれません」

「このあほう！」

阿武隈に頭をスパンと叩《たた》かれた。

「ちょ、なにするんですか!?」

「同じことを何度も言わせようとするからだ。相手の言葉を鵜呑《うの》みにするな、いつになったら理解するんだおまえさんは。鵜呑みにしていいのはこっちの利益になると確信できたときだけだ」

最後の一言は余計だと思ったが、僕がぶたれた理由はよく分かった。人はウソを吐《つ》く。

そのことを僕は知っていたはずなのに、また伯父さんの話を鵜呑みにしかけていたからだ。

だけど、と思った。ということはつまり、阿武隈は今の伯父さんの話にウソがあると考えていることになる。

「なあ、いくつか聞いていいか？　今の話に腑《ふ》に落ちないところがあるんだが」

予想通り、阿武隈は鋭い視線を伯父さんに向けた。ウソを見破るときの顔つきだ。

「あ、ああ。俺に答えられる範囲なら」

「本多、おまえさんの出番だ。聞いてみろ」

「え、僕がですか⁉　でも一体なにを聞けば……？」

「それぐらい自分で考えろ。今の証言をよく思い出せ、少しでも分かり辛《づら》い部分があったらそれを鮮明にすることを心がけろ」

「……分かりました、やってみます」

悟った。これは反対尋問の練習だ。阿武隈は、僕に経験を積むチャンスをくれようとしている。拒むわけにはいかない。

僕は伯父さんの先ほどの言葉を思い出した。

『ああ、それだよ。その教室というのが大通りから一本裏手に入ったところにあるんだけどな。そこへ行く途中で、恵子ちゃんの叫び声を聞いたんだ。なにか揉めてるような声だった。例のストーカーの件もあるだろ？　何事かと思って慌てて声の方に向かったら、予想通りでな。あの一ノ瀬とかいうストーカーが、恵子ちゃんをどこかへ連れ去ろうとしてるのが見えたんだ』

より鮮明にすべき――という観点から見れば、確かにもっと詳しく聞きたい部分がある。

「伯父さん。料理教室というのは裏手にあったんですか？」

「ああ。一本道を出れば人通りの多い通りなんだが、教室自体はちょっと奥まったビルの中にあるんだ」

「伯父さんはそこへ行く途中で榊原さんの声を聞いたと言ってましたね？　どんな声でしたか？」

「『助けて』とか『誰か来て』とかだったと思う。とにかく助けを求める悲鳴だった」

「声を聞いて駆けつけたんですよね？　駆けつけるまでに何秒ぐらいかかりました？」

「ん？　そうだな、駆けつけるだけだから数秒ぐらいしかかかってないと思うが……」

まあそんなものだろう。遠くにいても聞こえないだろうし。

「それから？　駆けつけてから、ストーカーが榊原さんを連れ去ろうとしてるのを見たんでしたよね？」

「ああ、そうだ」

「連れ去るといっても色々やり方があると思いますけど、どんな風に連れ去ろうとしていたんですか？」

「ほら、こう米俵抱えるみたいに肩に担ぐ感じで」

「そのとき榊原さんは意識を失ってたんですよね？」

「ああ、そうだと思う。ぐったりしてた様子だったし」

それは榊原さんに電話で聞いたことと一致する。

だけど、おかしい。阿武隈が疑問を持ったのももっともだ。本当にそんなことが可能なのか？

「伯父さん、もう一度聞かせてください。榊原さんの悲鳴が聞こえてから、何秒で現場に到着したんですか？」

「え？　だから多分数秒だ。正確に何秒かはちょっと分からないが」

「阿武隈さん、ちょっといいですか」

僕は伯父さんに質問を続ける代わりに席を立ち、阿武隈に向き直った。

「襲われていた女性……つまり榊原さんの役をやってもらいたいんですが」

「逆にしろ。体格的に、おまえさんに俺を担ぐのは無理だ」

阿武隈は僕の意図などお見通しらしい。なにも言わずとも席を立って僕と向かい合う。

「分かりました、じゃあ僕が榊原さん役を。とりあえず悲鳴を上げます。きゃー、誰かー、助けてー」

「気持ち悪いなおい」

「そこはどうでもいいでしょう、それより続けてください。榊原さんは額を強く打ったと聞いています。多分殴られるか、壁や地面に叩きつけられるかしたんでしょう」

僕が説明すると、阿武隈は僕につかみかかり、とりあえず頭を殴るフリをした。

「きゃー、やられたました」

僕は我ながらひどい悲鳴を上げながら地面にゴロンと転がりつつ、冷静に状況を解説し続けた。

「榊原さんが意識を失ったのを見計らい、ストーカーは米俵みたいに担いで拉致しようとしたわけでしょう」

「よし、やってみるか」

阿武隈が僕を担ごうとする。まず右腕を僕の腰の下に回し、持ち上げようとする。だができなかった。

「くそ、重いな。痩せ形のくせに」

「そりゃ痩せ形でも六〇キロはあるわけですから」

「やっぱり痩せすぎだな。肉食え肉」

言いながら阿武隈はより深く右腕を僕の腰の下に回し、さらに左手も僕の腰にかけてより力をかけやすい体勢に変えた。

「よし、いくぞ。どっこいしょ！」

おじさんくさい気合いの声を上げ、どうにか阿武隈は僕を担ぎ上げた。両腕を使い、全身の力を使ってのことだ。

「あ、ムリだこれ。腰にくる。下ろすぞ」

やはりおじさんのようなことを言って、すぐさま僕を地面に下ろす。

「やっぱり。伯父さん、僕もストーカーの背格好は動画や写真で見てます。体格的には確か僕ぐらいでしたよね？　やや痩せ形というか」

「あ、ああ。そうだな」

「榊原さんは女性として平均的な体格だと思います。体重を四、五〇キロとして、あの体格のストーカーが軽々と持ち上げられるとは思いません。数秒で気絶させて抱え上げるなんてちょっと無理だと思うんですが」

「そ、そうか？　じゃあ数秒じゃなかったのかもしれないな。一〇秒ぐらいかかったのかも」

証言があっさり変わった。

数秒と一〇秒では大きくことなる。なぜそんな差異が生じるのだろうか。

「伯父さん。現場は大きな通りから一本奥に入った路地裏だったと言いましたよね？　だとすると、かなり悲鳴も響きにくいでしょうし、建物に反響してどこから聞こえてきたかもすぐには分からないんじゃないですか？　数秒の距離ならすぐ近くだから分かったかもしれませんが、一〇秒もかかるような距離でなぜ現場がすぐ分かったんですか？」

「い、いや、それは……たまたまよく聞こえてすぐ場所が分かったんだ」

「おかしいのはそれだけじゃないぜ」

今度は阿武隈が追及を始めた。

「おまえさん、包丁でストーカーの首を刺したっつったな？」

「あ、ああ」

「そりゃあまりに不自然過ぎるだろ。いいか、ストーカーは米俵みたいに榊原を抱えてたんだろ？　首の傍《そば》には嫁入り前の大事な体があったはずだ。そんなところに包丁突き出すとは思えないな。俺なら刺すにしても腹とか脇腹を狙うね」

「そういえばそうですね」

榊原さんを担ぎ上げているとしたら、ほとんどストーカーの首と榊原さんは密着してるはずだ。それに、阿武隈も僕を抱え上げる際には右腕だけでは足りず、両腕を使った。人を米俵のように右肩に担いだとしよう。さらに安定のため左腕を添えたとすると——左腕は自然と首をガードするような形になる。包丁で首を狙えるだろうか？

「ち、違う。俺だって刺そうとして刺したわけじゃない。もみ合った結果、そうなってしまっただけなんだ」

「おいおい、そのときストーカーは五〇キロのウエイト担いでたんだろ。もみ合いになったらおまえさんの方が有利に決まってる。なおさら偶然首を刺したなんて信じられないな」

「ま、待ってくれ。一体どういうつもりなんだ？」

伯父さんは焦りを隠せない様子だった。

「二人とも俺の弁護士なんだろう、なのになぜ俺の言うことを信じない？　俺はストーカーを刺したと言ってるだろう！」

だけどそれは、取り乱し始めたと言ってもいいかもしれない。

「本多、一つヒントをやろう。俺のスーパー超能力によれば、おまえさんの伯父さんはウソをついてるぜ」

「……言われなくても、分かります」

証言の矛盾を突かれ、動揺し始める証人は何度も見たことがある。今の伯父さんがまさにそれだった。

「伯父さん、本当のことを言ってください。現場でなにがあったんですか？　それに、なぜ僕たちにウソをつく必要があるんですか？」

「おい本多、本人に聞くほどのことか？　それぐらい考えりゃ分かるだろ？　おまえさんにゃ散々教えただろ、人は自分の利益を守るためには平気でウソを吐くってな」

阿武隈がそう言うので、僕は自分で考えざるを得なかった。

自分が犯人だとウソを吐くことによって得られる利益。この場合、それはどんな利益か？

「……そうか」

考えれば、すぐに分かってしまった。この状況で伯父さんがウソをつく理由があるとすれば、一つしか考えられない。

「伯父さんは真犯人をかばおうとしたんですね？　それが伯父さんにとっての利益なんだ」

伯父さんの顔が、蒼白《そうはく》になった。

「正解。じゃあ次の問題だ。この場合の真犯人とは？」

「事件現場に登場人物は三人しかいないんです、となれば残りは……一人だけです」

にわかには信じ難《がた》い話だったが、可能性を捨てることはできない。

「伯父さん。ひょっとして伯父さんは、榊原さんがストーカーを刺し殺すところを見たんじゃないんですか？ だから庇《かば》おうとしてるんじゃ？」

「……やれやれ、咄嗟《とっさ》に考えた作り話じゃ弁護士も騙《だま》せないか。警察は多少信じてくれたみたいだったんだがな」

諦めたように伯父さんは肩を落とした。

「僕たちがどんな弁護をするにしても、まず真実を知っておく必要があります。お願いですから本当のことを話してください」

「本当に、どんな弁護でもしてくれるんだな？」

伯父さんは奇妙な念押しをする。

「その点は安心していいぜ」と、阿武隈が応じた。「こんな話がある。アメリカの弁護士には、あるタブーがあってな。殺人容疑で逮捕された容疑者に、『あなたは本当に人を殺しましたか？』と聞いたらダメなんだ」

「……どうしてだ？」

率直に疑問を持ったのか、伯父さんが答えを促す。

僕は阿武隈がその話をした理由を悟り、代わりに答えた。

「アメリカの弁護士は、弁護活動をするに当たってウソをつけないんです。だからもし殺人容疑で逮捕された被疑者から、『実は殺しました』って聞いてしまうと絶対に無罪は主張できない。だから本当のことは聞いてはいけないっていう、一種のブラックジョークなんですよ」

「ところが日本じゃそんなことはない。俺たち弁護士の義務は、依頼人の利益を最大限守ることだ。依頼人が望むなら、喜んで依頼人を殺人犯に仕立てたっていい」

阿武隈がどこまで本気なのか分からない。僕からすれば、無実の伯父さんを殺人犯に仕立て上げるなど許容できるはずもない。でも、今は伯父さんに真実を話してもらうためにも、阿武隈に追随する必要があった。黙って伯父さんの言葉を待つ。

「分かった、話そう」

伯父さんは深く椅子に座り直し、決意を込めた堅い表情になった。

「実を言えばな、悲鳴を聞いて駆けつけようとしたのは本当だ。それに、恵子ちゃんが刺したところを見たわけでもない。信繁《のぶしげ》、おまえが言った通りだ。悲鳴が聞こえたのは確かだが、ビルに反響したせいかどこから聞こえるのかすぐに分からなかったんだ。どうにか現場に駆けつけたときには、全部終わった後だったんだよ」

「終わった後？　つまり……すでにストーカーは死んでいたんですね？」

「そうだ。包丁で刺されたんだろう、首から大量の血を流して死んでいた。しかも傍には包丁を持った恵子ちゃんが倒れていたんだ。手も包丁も血塗《ちまみ》れだった」

とんでもない話になった。

伯父さんが駆けつけたとき、榊原さんとストーカーが現場に倒れていた。ストーカーは首を切り裂かれ、しかも榊原さんの手には血塗れの包丁。

「それだけじゃない。包丁には見覚えがあった。俺が恵子ちゃんにプレゼントしたヤツだったんだよ」

「そうだったんですか。だから伯父さんは、庇おうとしたんですね？」

「ああ。咄嗟に恵子ちゃんの手から包丁を奪ってハンカチで拭ってから、俺の手で握りしめた。俺は独身だし、自営業だ。逮捕されたところでそう人に迷惑もかけん。老後の楽しみがあるとすれば、おまえや恵子ちゃんがどう成長していくかを見届けるぐらいだ。だったら牢屋《ろうや》に入るのは俺の方がいい」

「待ってください。話を聞いた限り、まだ別に榊原さんが殺人を犯したと決まったわけではないんですよ？」

「そりゃ、俺だって恵子ちゃんが人殺しなんてするとは思わん。だが相手は危険なストーカーだし、身を守るためにやむを得ず、なんてことは考えられる。しかも血塗れの包丁を持ったまま、死体の傍に倒れてたんだ。現場には他に誰もいた形跡はなかったし、あのまじゃ恵子ちゃんが疑われるに決まってる」

予想だにしなかった展開に、僕は戸惑った。

無実の罪を着せられた人を弁護したことはある。姉に迷惑をかけたくないからという理由で、犯してもいない罪を認めた人を弁護したこともある。だけど、人を守るためという理由で無実の罪を認める人を弁護した経験はない。

嫌だが仕方ない。僕は傍らの悪魔に助言を求めるしかなかった。

「阿武隈さん、どうしたらいいんでしょう？」

「とりあえず、今の話には信憑性《しんぴょうせい》がありそうだ」

ウソを見抜くのが得意と自称する阿武隈である。その阿武隈がそう言うのであれば、今の伯父さんの発言こそ真実ということになる。

「どっちにしろ、今の時点じゃ情報が少な過ぎる。まず榊原って女から話を聞く必要があるな。なぜ死体の傍にいたのか、なぜ包丁を持って倒れてたのか、なぜ血まみれだったのか、本当に殺したのかどうかってな」

阿武隈は冷静だった。冷静に僕たちがすべきことを一つずつ列挙していく。

「ま、とはいえ今回は楽かもな。俺たちは依頼人の利益を守ることが第一だ。このままおまえさんが犯人だってことにして裁判までやっちまおう」

「なに言ってるんです、そんなのおかしいでしょう！　伯父さんを殺人犯にすることが伯父さんの利益に繋がるとは思えません」

「おいおい、早とちりするな。別に有罪判決をもらいに行くわけじゃない。いいか、俺たちはやってもない殺人を認めさせて何食わぬ顔で裁判を進めようとしてるんだ。どうやったって検察も裁判じゃ無理が出てくるはずだ。そこを突いて無罪判決勝ち取るのは難しくない」

「言うのは簡単でしょうけど」

僕は聞かずにいられなかった。

「本当にそんなことできるんですか？　このまま伯父さんを犯人に仕立て上げてから、『実は人を殺したのはウソでした』って主張して、裁判員が信じてくれるとは思えません」

「難しくはないさ。考えてもみろ、このおっさんは榊原が犯人だと考えてその罪をかぶろうとしたんだ。どうしようもなくなったら、逆転無罪を勝ち取る手っ取り早い方法があるだろ？」

伯父さんを簡単に無罪にする方法？　伯父さんは、榊原さんを助けるつもりで罪をかぶった。どうすればその伯父さんを簡単に無罪にできるのか。

「あ」

意外と答えは簡単に出た。

「ひょっとして、榊原さんに『私が真犯人です』と自白させるって手ですか？」

「おまえさんもようやく分かってきたじゃねえか。そうだ、そうすりゃ少なくともこのおっさんの刑事裁判は勝てる」

「待ってくれ、そんなことは許さんぞ。それじゃ恵子ちゃんが逮捕されるだけだろう」

伯父さんの懸念はもっともだった。

「大丈夫さ。そのときは後で榊原にこう証言させればいい。『あれは伯父さんを助けるためのウソでした』ってな。ただでさえ殺人事件の刑事裁判なんてポンポン開けるもんじゃない。おまけにそのときには事件発生から一月ぐらいは経ってることになる。証拠もロクに残ってないだろうし、仮に榊原を逮捕できたとしても真っ当な裁判なんぞ開けなくなってるさ。もちろん俺たちが弁護するだろうしな」

ひどい作戦だ。だけど、阿武隈ならやりかねないことを僕は知っている。無能な検察は、あっちの被告人を有罪にできなかったので、今度はこっちの被告を起訴しました。こんないい加減なことが許されていいのですか——などと厚顔無恥に熱弁する阿武隈の姿が自然と目に浮かぶ。

「それにな、この提案をするのにはもう一つ理由がある」

珍しく阿武隈は少し神妙な顔で言った。

「その榊原って女は、殺されたストーカーと同じ場所に倒れていた上に、血塗れの包丁を持ってたわけだろ？　今頃救急車で病院に運ばれてるって話だが、当然警察には目を付けられるはずだ。なあ、一つ確認しておきたいんだが、榊原が持っていた包丁はおまえさんが奪ってハンカチで拭ったって話だったな？」

「あ、ああ。恵子ちゃんの指紋が付着していたらまずいと思って」

「包丁を完璧に、一〇〇%隅々まで拭った覚えはあるか？」

「い、いや？　刃の部分は拭ってない。その部分に血が付いてなければ逆に怪しまれるんじゃないかと思ったからな」

「その包丁は、もともとおまえさんが榊原にプレゼントしたものだって言ってたな？」

「ああ」

「となるとだ。まだ指紋ぐらい残ってる可能性がある。本当はそんな包丁、燃やしてポイするのが一番だったんだが」

「そ、そうなのか？　凶器が消えたら疑われると思うんだが」

「言い訳なんてあとでどうとでも付けられる、もっと徹底的に姪《めい》っ子《こ》の痕跡を消しておくべきだったのさ」

目の前で証拠改ざんの話が堂々とされている。だけど、仮の話なので聞き流すことにする。

「つまり包丁には榊原の指紋と、ストーカーの血液が付着してると考えた方がよさそうだ。そうなると、正直に言っておまえさんより榊原が逮捕された方が弁護は面倒になる。だったら一度おまえさんが犯人として逮捕された方が後々楽になる気がするんだよ。警察も混乱するだろうし」

なんということを考え出すのだ、この悪魔は。

伯父さんからの話を聞いた限りでしかないが、確かに榊原さんがもみ合いの末にストーカーを刺し殺してしまったのでは――と考えた方が色々と合点がいく。警察だってそう考えるだろう。伯父さんと榊原さん、どちらの弁護が楽そうかと言われれば伯父さんに決まっている。

「それだけじゃない、もう一つオトクな特典が付いてくる。いいか、俺たちにとって最悪な状況ってのは、榊原が殺人容疑で逮捕されて、なおかつおまえさんが証人として裁判に呼ばれることだ」

伯父さんに指を突きつける。

「分かるだろ？　おまえさんは、現場で見たことを話さなきゃならなくなる。そうなりゃ最悪だ、おまえさんは状況を見て咄嗟に榊原が犯人かもしれないと思ったんだ。そう思った経緯を裁判員たちに説明することになるんだからな」

「そ、それは確かに厄介だな。恵子ちゃんを殺人者にするような証言なんてしたくないぞ」

「その通り。だが安心しろ、自分や親族が不利になる証言は拒否できるって法律がある。榊原はおまえさんにとって親族じゃないが、自分に不利になるって理由で証言拒否できるはずだ」

「なぜです？　伯父さんがなにか罪を犯してると？　伯父さんは犯人じゃないんですよ？」

　僕が訊ねると、阿武隈はニヤリと笑った。

「なに言ってんだ、別の罪を犯してるだろ。犯人蔵匿《ぞうとく》罪さ。ま、業務妨害でもいいんだが」

「ああ！　ずるい！」

　この悪魔の言わんとしているところを察する。

「なんだ？　どういうことなんだ？」

「つ、つまり……伯父さんは自分が殺人犯であるとウソの自白をしました。これは犯人を蔵匿した罪、もしくは警察の業務を妨害する行為ですので、罪になります」

「そういうこった、殺人事件の現場で見たことを証言すれば、おまえさんの立場を不利にしかねない。だから拒否できるのさ」

「なるほど。よく分からんが、恵子ちゃんを守れるならそれでいい。業務妨害罪だろうがなんだろうが喜んで有罪になってやるさ」

「どっちにしろ、おまえさんが牢屋に入ることはないさ。友人の大事な娘をかばうためって理由で、やむを得ずウソの自白をしたんだ。裁判になったところで執行猶予は付くだろうよ」

「……よく分かりました」

阿武隈の提案を、僕も受け入れるしかなかった。伯父さんが自首したことをも利用した、完璧な筋書きである。

「じゃあ、伯父さんは警察の取り調べについては黙秘権を行使し続けてください。こちらも独自に調査を続けます……と言った感じですかね？」

最終的には阿武隈の判断を仰がざるを得ないのが、僕の限界だった。

「それしかないな。だが問題もある。すでに自首同然の通報をして罪を認めてるんだ、それがいきなり黙秘に転じたら怪しまれるに決まってる」

「ああ、それはまずそうだな」と伯父さんも頷いた。「俺は通報したときと警察が来たときに、殺したのは自分ですってもう言ってるぞ？　今から黙秘して大丈夫なのか？」

「まあそれについては対策がある。釘《くぎ》を刺しておいたから今夜の取り調べはもうないだろうし、それよりも今は情報収集が先だ。出るぞ、本多」

「分かりました。伯父さん、とにかく僕たちも榊原さんと伯父さんの利益を第一に考えて弁護しますから」

「ああ、よろしく頼む」

伯父さんは深々と頭を下げた。

妙に感慨深くもあった。かつて僕の家族は、伯父さんが紹介してくれた弁護士によって救われた。今度は僕が弁護士として伯父さんを助けることになるとは。

間章　東京地検の出来事

本多《ほんだ》の同級生であるところの井上《いのうえ》検事は、淡々と日々の業務をこなしていた。いや、そういった日常にならざるを得なかったというべきかもしれない。刑事事件で起訴した被告人を起訴取り下げで釈放したり、実の弟が殺人事件で逮捕された挙げ句に起訴取り下げで釈放になったりと、彼女の周囲ではあまりにも多くのできごとが起こり過ぎたのだ。今では多くの同僚が、腫れ物に触れるように彼女に接している。無視されるようなことこそ決してないが、必要以上に接してくる者もいない。

もっとも、当の彼女は半ば開き直っていた。公務員であり、検察官でもある自分の立場はそれなりに保障されている。左遷される可能性はあるかもしれないが、そうそうクビにされることはない。ならば時間の許す限り、夢だった検察官で居続けようと腹をすえたのだ。

六月三〇日夜。そんな彼女に、またも試練が降りかかろうとしていた。それは井上検事がその日の仕事を終えて自室から出たときのことだった。

フロア全体がどことなく慌ただしくなっていた。もう帰宅する時間帯だというのに、あちこちで同僚たちが集まり、何事か囁《ささや》き合っている。

「あの、なにかあったんですか？」

偶然通りがかった検察事務官の日吉《ひよし》に訊《たず》ねる。

「ああ、私もさっき聞いたばかりなんですが、なんでも殺人事件が起きたとかで」

井上検事は不審に思った。殺人事件とは穏やかではない。ただ、物騒な事件がいくらでも持ち込まれるのが東京地検というところだ。

「今更殺人事件でこんなに騒ぎになるとは思えないんですけど」

「いやそれが……あの阿武隈《あぶくま》と本多の二人が、弁護士として付いたとかで」

「ああ……」

すごく納得した。

あの二人、とりわけ阿武隈に検察庁は何度となく大恥をかかされてきた。それは東京地検が無実の罪を多くの人に着せてきたから、すなわち自業自得だからと言えなくもない。だが、神ならぬ身の人間にすべてを見抜くことなどできない。阿武隈が無罪にしてきたすべての被疑者《ひぎ》が本当に無実だったかは誰にも分からないのだ。結果は結果として受け入れ、自分の職務に忠実であるしかない――とは多くの検事に共通する心構えだろう。

だが世間はそうは見てくれない。検察庁は何度となく無能呼ばわりされ、多くの検事が阿武隈を疎ましく考えているのは間違いない。その〝悪魔の弁護人〟が再び検察庁に立ちはだかろうとしているとなれば、同僚たちがざわつくのも無理はない。

（ま、わたしには関係ない話だけど）

井上検事が属する〝岩谷《いわたに》派〟はすでに二度も阿武隈に敗北している。今回出番が生じることはあり得ない。それは悔しくもあったが心の奥底では安堵《あんど》する気持ちもあった。とにかくあの阿武隈という弁護士は常軌を逸している。被疑者が本当に無実かどうかはともかく、敵に回したくはない。

そしてその思いは、恐らくすべての検事に共通するものだった。決して公になることはないだろうが、「阿武隈に負けるのはしょうがない」という不文律すら存在していることを井上検事は知っていた。

となると、今回の事件では一体誰が捜査を指揮し、そして誰が公判を担当するのか。もしかして同僚たちがざわめているのは、「自分に出番が来るのでは」と戦々恐々としているからかもしれなかった。

「よし、全員そのままでいいから聞いてくれ」

そんな空気を察してのことか、全員にそう声をかけたのは部長だった。

「聞いていると思うが、先ほど池袋《いけぶくろ》で殺人事件が起こった。担当は朱鷺川《ときがわ》がすることになるが、相手はあの阿武隈だ。全員、協力できることがあれば協力してやってくれ」

（そうよね、誰が担当するかなんて決まってたわね）

つい最近、刑事部から公判部に移った朱鷺川という検事がいる。年齢は三〇代後半とまだ検事としては若い方だが、その分体力が有り余っているのか刑事部のエースとさえ呼ばれていた人物だ。

その朱鷺川検事が、刑事部から公判部に移った。警察を指揮する側から、実際に裁判に出て被疑者を断罪する立場になったのだ。その志望理由と、そして転属の許可が出た理由は誰もが知っている。

阿武隈を止めるためだ。検察庁に何度となく泥を塗り、刑事部の仕事を無駄にしてきた阿武隈にみずから天誅《てんちゅう》を加えるため、朱鷺川検事は公判部に移った。しかも、刑事部には子飼いの部下を残してきていると聞いている。すべては阿武隈との戦いを万全にするためだ。

「みなさん、お疲れさまです」

続いて部長の横に朱鷺川が立った。

「部長からのお話にあった通り、これは〝阿武隈案件〟です」

阿武隈もすっかり有名人になったものだと、井上検事は苦笑したくなった。

「実際、先ほど関係部署と連絡を取り合ったのですが、すでに事件には不審な点が見受けられます。逮捕された被疑者――酒井孝司《さかいこうじ》という人物は、犯行を認めて自首したようですが、警察の捜査によれば、被疑者が誰かを庇《かば》っている可能性を含め、慎重に捜査する必要があるとのことです。こと〝阿武隈案件〟については、部署を越えたご協力を頂ければ幸いです」

すでに相当きな臭い話になりかけているようだった。

(ま、わたしにはどうでもいいことだし、お手並み拝見よね)

朱鷺川という検事に恨みはないが、どことなく偉そうなあの態度はどうも好きにはなれない。かといって阿武隈の味方をする気など毛頭ない。かつて阿武隈たちには弟を救ってもらった借りもあるが、その分の報酬《ほうしゅう》はキッチリ払っている。助ける義理はこれっぽっちもない。

今回のところは完全に高みの見物を決め込むつもりだった。少なくともこの時点までは。

「井上、ちょっと来てくれ」

だから話が終わり、朱鷺川検事が自分の名を呼んだとき、彼女は余計に驚くことになる。

「あの、一体なんのご用でしょう？」

「井上、おまえは今日から私の補佐に当たってくれ。岩谷に話は通してある」

「えええええ⁉」

自分でも信じられないほど大きな声が出た。

「なぜわたしに⁉　わたしは一度阿武隈に負けを喫した、ただの若造ですよ⁉」

「そこまで卑下することはないだろう。大体ただの若造では、その年齢で検事などやっていない」

朱鷺川検事は、一応褒めてくれているようだった。

「それに、私はこの件では現場捜査にも積極的に乗り出すつもりだ。膨大な仕事をこなす補佐役が欲しい」

「はあ……。ですが、わたしの弟の件は聞いてますよね？　弟が逮捕されたとき、弁護してもらったのがあの二人ですよ？」

「ああ、だからこそだ。おまけに君は本多弁護士の同期と聞いている。恐らくこの中では一番彼らのことをよく知ってるはずだ。それに、キミは居場所がないのを承知で未《いま》だにここにいる。ということは、別に検事をやめたいわけではないんだろう？」

「それは……もちろんです」

「阿武隈にリベンジしたい気持ちは？」

「あります、当然」

「なら問題ない。よろしく頼む」

井上検事の心境は複雑だった。阿武隈にリベンジできる機会をもらえるのはありがたいと思える。一方で、阿武隈案件に巻き込むなという思いもあった。

ただ一つだけ、懸念もあった。令状主義ということもあり、日本の検察官の仕事のほとんどは書類仕事だ。そして朱鷺川検事は現場にも出るつもりだと言っている。つまり、膨大な書類仕事をこなすのは自分となるのだ。

阿武隈の丁稚《でっち》同然となっている同級生のことを笑えなくなりそうだった。

第三章

二人目の依頼人

1

伯父《おじ》さんとの接見を終えた僕たちは、とにかく情報を得ようとしていた。

「いいか、今回はこれまでに俺たちがやってきた事件と一つだけ違うところがある。警察とほぼ同時に動けるってことだ。警察より先に証拠の一つも手に入ればこっちが有利になる。そのつもりでいろ」

「分かりました。ではまずどこへ行きましょう？」

「あほう、それは俺が出す問題だ。さ、俺たちは次にどこへ行くべきだ？」

また始まった。そんな問答をしている暇はないとも思うけど、これは恐らく僕のための問題でもある。なんとか答えを出す必要があった。

伯父さんとの接見が終わり、次に調査を行う場所は二つしか思いつかない。一つは犯行現場、そしてもう一つは、榊原《さかきばら》さんへの事情聴取だ。

榊原さんはまだ病院だろうし、後から会いに行くこともできる。そう考えると、行く場所は一つだ。

「分かりました、事件現場ですね？　警察もまだ捜査を始めたばかりでしょうし、今なら警察に先んじて証拠を手に入れることもできるかもしれませんし」

「はいハズレ。正解は榊原って女に会いに行くことだ。証拠は物証だけじゃないだろ」

「でも、現場も早く見るに越したことはないと思いますが」

「そりゃそうだ。だがな、警察の速さは圧倒的だ。あいつらに先んじて現場に入れるならともかく、同じスタートを切ったんじゃ手遅れだ。今頃現場は完全封鎖されてるだろうし、周囲の防犯カメラも軒並み押収されてるはずさ。行っても意味はない」

納得せざるを得なかった。実際、警察に封鎖された現場へ立ち入ろうとして追い出されたこともある。

「その点、榊原は病院に担ぎ込まれたんだろ？　なら警察も今夜のうちは事情聴取もできないはずだ。だが俺たちは違う、個人的な知り合いだからな。警察に先んじて会えるはずだし、そうなりゃ警察より先に証言を得られるし、口止めもできる。今すぐ会いに行くべきだ」

口止めというのはあまり褒められたことではないのかもしれないが、今の榊原さんは一歩間違えば大変よくない立場にある。必要なことなのだろう。

「大変よく分かりました。じゃあとにかく足を確保しましょう」

僕たちは警察署を出ると例によってタクシーを拾おうとした。時間と場所を考えればタクシーぐらいすぐに見つかりそうなものだが、どのタクシーもすでに先客が乗っており、なかなか拾えない。

「こうも足が必要になることを考えると、そろそろマイカーの一台もあった方がいいかもしれませんね」

「やめとけやめとけ。月に一、二度乗り回すぐらいならタクシーの方が安くつくぜ？　東京の駐車料金ってマジでシャレにならんし」

えらく庶民的なことを言う。考えてみれば彼は一応妻子がいた。つまり家族の大黒柱だったのだ。案外マイカーについても考えたことがあったのかもしれない。

そんな会話をしている間にようやくタクシーを拾うことができ、僕たちは乗り込んだ。

「そういやおまえさん、どの病院か分かってるのか？」

「ええ、聞いてます。運転手さん、池袋《いけぶくろ》中央総合病院って分かります？」

「ああ、もちろん分かりますよ」

と、その名前を口にしてふと思った。

池袋中央総合病院とは榊原さんの勤め先であり、彼女がストーカーとなる患者と出会った場所でもある。そして榊原さんがその病院に運ばれたということは、殺されたというストーカーもやはり同じ病院に運ばれたのではないだろうか。

僕の予想は当たっていたようで、病院の近くまでやってくると数台のパトカーが見えた。榊原さんのためだけなら、あんなにパトカーは必要ないだろう。だけどあれだけ警察がいるなら、誰かがついでに榊原さんに事情聴取――という流れになってもおかしくない。

「ち、やっぱりサツどもが来てやがる。そうそう事情聴取はやれんだろうが、急いだ方がよさそうだ」

「あ、はい」

阿武隈《あぶくま》はさっさとタクシーを降りた。必然的に料金を払うのは僕になってしまったが、まあ些事《さじ》である。僕は精算を終えて領収書をもらうとすぐさま阿武隈を追った。

だけどここで問題が起こった。


「すいません、面会時間はすでに終わってるんですけど」

受付の女性の看護師は、そう言って僕たちと榊原さんの面会を拒んだのだ。

だからと言って僕たちも引き下がるわけにはいかない。

「僕たちは榊原恵子《けいこ》さんの弁護士です。ご存じですよね、榊原さんのこと。ここにお勤めだと聞いてますが」

「へえ、弁護士さんですか。榊原さんのことはよく知ってますよ。職場仲間ですし」

「では榊原さんがここの元患者さんからストーカー行為を受けていたこともご存じですか？　確かここの外科部長のご親戚だとか」

「もちろん知ってますよ」

ゴシップ話は好きなのか、彼女は周囲を見回し誰も聞いていないことを確認すると、声を潜めて続けた。

「外科部長の甥《おい》っ子《こ》さんでしょ？　でもさっき殺されたって聞いてねえ、みんな驚いてましたよ。救急車でここに運び込まれたけど手遅れだったとかで」

　すでに殺された人物のことだからか、意外とおしゃべりな看護師だった。

「その件に関連して、どうしても榊原さんに会う必要があるんです。彼女の人生がかかってるんです。なんとか会えませんか？」

　僕が懇願すると、看護師は仕方ないと言いたげに腰を上げた。

「分かりました。じゃあ見回りするついでに、直接本人に聞いてきましょう。彼女が散歩ついでに出歩いてあなた方とお会いする分には、わたしも止めようがありませんから。でももし体調がよくないようでしたら諦めてくださいよ？　軽傷だとは聞いてますけど」

「ありがとうございます。もちろん構いません、お願いします」

「ま、彼女は真面目《まじめ》な子なんでわたしも助かってますからね」

　笑いながらその看護師は席を立つと、病院の奥に入っていった。

「よくやった、なかなかうまい交渉じゃないか」

「はあ、ありがとうございます」

　阿武隈が珍しく褒めてくれる。

「いやー、人の人生が懸《か》かってるっつって真摯に説得するのは結構難しいんだよな。俺がやるとなぜか説得力がないらしくてよ。脅かすとか驚かすならなんとかなるんだが」

　分かる気がする。ひどい話だけど。

「あ、本多《ほんだ》さん！」

どうやらあの看護師はうまく連れ出してくれたらしい。間もなく僕たちのところに榊原さんがやってきた。入院しているらしく、寝間着姿だ。見たところ、額に湿布のようなものを貼っている以外に問題はなさそうだった。

「よかった、元気そうでなによりです」

「ええ、問題ありません。頭を打ってるので一晩だけ検査入院ということになりましたけど、吐き気も頭痛もないですから」

「なによりです。あ、こちらは今回僕と一緒に酒井《さかい》伯父さんの弁護を担当する阿武隈さんです」

「どーも、阿武隈です。いや、綺麗《きれい》な方ですね。お困りの際はいつでもご連絡ください」

相手が美人だからだろう、阿武隈がやる気になっていた。いつか機会があったらこの態度のことを彼の娘さんに言いつけてやりたい。

ただ、阿武隈の態度とは対照的に、榊原さんはひどく戸惑っているようだった。

「あの。酒井さんの弁護を担当するって一体どういうことでしょう？　酒井さんになにかあったんですか……？」

「まずハッキリ言っておいた方がいいだろうな。実はな。おまえさんもよくご存じの酒井が、ストーカーを殺したと自首して警察に逮捕されてるんだ」

「え⁉　そんな、酒井さんが⁉　一体どういうことです⁉」

彼女は動揺を隠せなかった。

「阿武隈さん、もうちょっと言い方ってものがあるでしょう?」

「遅かれ速かれ知ることになるんだ。今気遣いしてる余裕なんて俺たちにはないだろ?」

違う。阿武隈の狙いは、彼女を動揺させることにあるんだろう。相手を動揺させればウソを見抜き易くなるという理由で。阿武隈のそういう配慮のないところだけは好きになれない。

「榊原さん、とにかく僕たちも伯父さんを無罪放免にするため全力を尽くします。ただそのためにも、一刻も早く情報が知りたいんです。一体現場で何があったのか詳しく教えてくれませんか?」

「でも……電話でお話した以上のことはほとんど覚えてなくて」

「ええ、確かストーカーに襲われて気を失ったって話でしたね?」

彼女の額の湿布が、それを物語っていると言えるかもしれない。

「本多、順を追って一つずつ聞いてみろ」

「ええ、やってみます」

伯父さんのときにもやった。不鮮明な状況を一つずつ正していくのだ。

「まず時系列を整理していきましょう。まずこの病院での仕事を終えたのは何時ごろでした?」

「ええと、今日の午後七時ごろでした。いつもその時間ですから間違いありません」

「それから料理教室へ行ったわけですね?」

「はい。その途中で、あのストーカーが出てきて……」

「それは病院を出て何分ぐらいのことでしたか？」

「一〇分かかってないと思います。職場に近い料理教室に通っていたので」

「ストーカーが出てきたというのは？　待ち伏せされていたということでしょうか？」

「多分、そんな感じだったと思います。わたしが来ることが分かってたみたいに、いきなり道の角から出てきたんです」

「なあ、ストーカーはあんたが料理教室に通ってることを知ってたのか？」

阿武隈が聞いた。

「いえ、さすがに知らないと思います。ストーカーから逃げるために通ってたようなものですし」

「奇妙だな。じゃあなんでストーカーは待ち伏せなんてできたんだ？」

「確かに」僕も首を傾《かし》げざるを得なかった。「池袋の病院に勤務していたことはストーカーも知ってるはずですから、病院からずっと尾行されていたとか……？」

いや、でもストーカー被害を訴え出たとき、警察も勤務先周辺を警戒すると約束してくれたのだ。病院前で榊原さんが出てくるのを待ち構えるなんて難しいかもしれない。

「まあいい、本多、ひとまず先を」

「分かりました。では榊原さん、ストーカーに遭遇してからどうなりました？」

「ストーカーの人が、いつもみたいに色々言ってきました。なんで僕と付き合ってくれないのかとか、どうして警察に通報したのかとか」

どんなことを言われたのかはなんとなく分かる気がする。

「榊原さんはどう対応しました？　言い返したりされたんですか？」

「いえ、逃げようとしました。通りに出れば大勢人もいますから安全だと思って」

それが一番だろう。ストーカー被害のことはすでに警察に届け出ている。その場から離れることさえできれば、いくらでも警察の助けを借りられたはずだ。

「どのように逃げたんですか？　いきなり背を向けて逃げ出した？」

「そうですそうです。もう怖くて、それしかできなかったんです」

「おまえさん、今ウソついただろ」

阿武隈は容赦なく言った。

いきなり何を言い出すんだ——と制止したいところだったが、できなかった。伯父さんが逮捕されたと聞かされ、榊原さんは動揺している状態にある。阿武隈ならウソを見抜けるのかもしれない。実際、衝撃を受けている彼女の表情がそれを裏付けている。

「逃げることしかできなかったってのはウソだ。俺には分かる。おまえさんが逃げたのは本当だろう。だが、なにもしないで逃げたわけじゃない。違うか？」

「ま、待ってください」

その言葉の意味を悟り、僕は焦った。

「じゃあ阿武隈さんは、彼女がストーカーを刺し殺して逃げようとしたとでも」

「どんなウソか分からん以上、当然その可能性はあるな」

僕と阿武隈の視線が、自然と榊原さんに集中した。

榊原さんは目に見えて狼狽《うろた》えた。

「ち、違うんです。わたし、ストーカーを刺したりなんてしてません！」

「じゃあ違うなにかをやったんだな？　なにをやった？」

「榊原さん、僕たちには守秘義務があります。あなたから聞いたことは決して誰にも言ったりしません。だからどうか本当のことを教えてください」

僕たちがなおも問い詰めると、榊原さんは諦めたように口を開いた。

「……持っていた包丁を、振回して威嚇《いかく》したんです」

「包丁？　あ、料理教室で使うために持ち歩いてた包丁ですか？」

「そうです。近寄ったら切りますって振り回しました。それで相手が怯《ひる》んだスキに、背を向けて逃げ出したんです」

彼女が料理教室用に包丁を持ち歩いているという話は以前聞いたことがある。充分にあり得る状況だった。

「ストーカーを切ったりはしてないんですね？」

「ええ。お願いです、どうか信じてください」

僕は阿武隈を見た。彼女の言葉を裏付けるように、阿武隈も黙って小さく頷《うなず》く。

確かに包丁を持っていたとして、威嚇のために振回すだけならともかく、実際に刺すのは相当勇気がいるだろう。首筋に刺すなどよほど殺意がないとできない。

「では、背を向けて逃げ出したあとは？」

「いえ、覚えているのはそこまでなんです。逃げ出そうとしたところからの記憶がまったくないんです……」

僕は阿武隈に向き直った。

「どうもそこが謎ですね。後ろから殴られたんでしょうか？」

「それなら後頭部に傷があるだろう。見たところ他に外傷はなさそうだしな」

「はい、詳しく看《み》てもらったんですが、外傷はここだけです」

榊原さんは額を指差した。

頭を打ったとなれば、病院でもかなり精密な検査をやっただろう。すると疑問が残る。

「相手に背を向けて逃げた結果、額だけを怪我《けが》するってどういう状況でしょうか？　後ろからドンと押されて、そのとき頭を地面にぶつけたとかでしょうか？」

「あり得なくはない。だが不可思議だな。仮に後ろから押されて前に倒れたとしたら、額より先に鼻でもぶつけそうだし、手だって地面に突くはずだ。おまえさん、ちょっと手を見せてくれないか？」

「あ、はい」

榊原さんが両腕を差し出してくるっと回転してくれる。手の甲にも手の平にも腕にも、少なくとも今日できたと思えるような傷はなかった。

「なにもなしか……。じゃあそれから？　目を覚ましたときはどうなってたんだ？」

「それが……もう救急車の中でした。手が血まみれだったのを覚えています」

「手が血まみれ？　榊原さん自身の血ですか？」

「いえ、違います。わたしは全く出血してませんでした。腕を怪我してるんじゃないかって救急隊員の方もよく調べてくださったんですが、傷一つありませんでしたし……」

一体誰の血が付着していたのか――という疑問の答えは一つしかない。今のところ派手に出血していた人物は一人だけ。

「ストーカーの血だろうな」

阿武隈がズバリ指摘する。

「あの、ひょっとして……」

ものすごく言《い》い辛《づら》そうに、榊原さんは言った。

「わたしが犯人なんでしょうか。わたしが気を失う直前に、振り回した包丁がストーカーを刺してしまったとか」

「可能性としちゃ、ゼロじゃないだろうな」

阿武隈にはおよそ配慮というものがなかった。

「だが、おまえさんには刺した覚えもないんだろう？」

「ええ、絶対に」

「となると、今の時点じゃなんとも言えないな。ところでその手に付着していた血液ってのは、警察が採取したのか？」

「ええ、一度だけ捜査員の方が来ました。事情聴取は病院の方で断ってくれたんですが、その代わり証拠採取ということで綿棒みたいなので血をこすっていきました」

「ちっ、さすがに抜け目がないというか、手が早いな」

「この分だと明日にはまた事情聴取に来ますね。どうします？　やっぱり黙秘してもらうのが一番でしょうか？」

「いや、こうしよう。榊原さんよ、明日警察が来たらこう言ってくれ。体調がまだ良くないので正しい証言ができない、また黙秘するように弁護士から言われていると。これなら警察が強引に聴取に来ても人権侵害だって訴えられるからな」

「はい、分かりました」

体調不良を訴えている女性に強引な事情聴取をしたとなれば、いくらでも反証できるだろう。阿武隈のやることは相変わらず正しいんだかタチが悪いんだか分からない。

「榊原さん、こんな時間にありがとうございました、僕たちは引き続き酒井伯父さんとあなたを守るために全力を尽くしますので」

「はい、よろしくお願いします」

彼女は深々と頭を下げた。

◆

榊原さんと別れた後、僕たちはすぐ病院を出た。

「本多、気づいてるかもしれないが」

阿武隈がなにを言い出そうとしているのかは、僕も薄々気づいていた。

「ストーカーを殺した犯人、やっぱりあの女かもしれんぞ」

「でも阿武隈さんの自称超能力にも引っかからなかったんでしょう?」

「ああ。だが本人がウソだと思ってなけりゃウソだと見抜きようがないからな。意識を失うのと同時に刺し殺してたって可能性は充分あり得る。ただそうなると不思議なのは額の傷だ。どうやってできたのか未《いま》だに分からん」

「そうですね。後頭部にも鼻にも傷はなかったって話でしたし。ひょっとして正面から直接殴られたんでしょうか? それと同時に相手を刺してしまったとか……」

「そうだとしても、手や腕になんらかの防御創《ぼうぎょそう》が残りそうなもんだがな。額だけ強く打ってうまいこと気絶できるとは思えん。もう一つ可能性があるとすれば、自作自演だが」

「……つまり榊原さんが、犯行を隠すために自分で頭を打って気絶したフリをしたと?」

「そうだ。ストーカーに偶然出会ったのは本当かもしれん。そのとき恐怖の余り包丁でグッサリやってから、犯行を隠すために自分の額をぶつけて気を失っていたことにしたってのは考えられる」

「でも使ったのは自分の包丁ですよね? とても自分の犯行を隠すつもりがあったとは思

えませんけど」

「衝動的な犯行だったからって可能性もあるがな。こりゃ参ったな、証言だけじゃとても真相は分かりそうにない。証言を裏付ける物的証拠が必要だ。今頃警察に持って行かれてるだろうがな」

「それを見れるとしたら、検察が起訴した後になりますよ？」

「ああ、こうなると俺たちの方針を改める必要がある。今のところ犯人の可能性があるのは酒井か榊原しかいない。一つハッキリしておきたいんだがな、もし榊原が真犯人だったとして、おまえさんはどうする？　酒井を無罪にするため、榊原に自首させるか？」

阿武隈がかなり深刻な問題を提示していることが分かった。

つまり僕たちは、下手をすると無実の酒井伯父に罪を着せ、さらに真犯人かもしれない榊原さんに罪を償わせることなく釈放させることになるかもしれないのだ。

だけど、返答は決まっていた。

「僕がやることは変わりありません。確かに榊原さんが真犯人の可能性はあります。ですがまだ決まったわけではないでしょう。ならこのまま二人の権利を守るべく弁護を続けるだけです」

「捜査を続けた結果、榊原が真犯人だと分かったら？」

「あらためて榊原さんに自首を勧めるだけです」

「おまえさんの伯父は、榊原を庇《かば》おうとしている。自首させるなんて認めてくれないぜ、きっと」

「そのときは僕が解任されるまで伯父さんを説得するだけです」

阿武隈は笑った。

「単純明解で結構だ、おまえさんにその覚悟があるならいい。じゃあその方針に添って次の手に出るぞ。ま、これが問題なんだが」

「当然、事件の捜査をするわけですよね？　たとえ現場に入れずとも、事件現場を見に行くぐらいのことはできるでしょうし」

「当然、そいつは今夜のうちにやっておくべきだ。問題は明日からさ。俺たちが事件の調査を独自にやったとしても、警察の組織力にゃ逆立ちしたって今更勝てん。なら下手に動き回るより、今俺たちが持ってる情報を警察に与えないようにした方が裁判が楽になるはずだ」

「今僕たちが持ってる情報……？　つまり、伯父さんと榊原さんですか？」

「そうだ、警察があの二人から情報を得られないようにするんだ。ただでさえ、酒井は榊原を庇ってる。二人の証言さえ封じちまえば、警察は誰が犯人か分からなくなって混乱するはずさ」

警察は、ストーカーを殺した犯人として伯父さんの身柄を拘束している。その伯父さんは、榊原さんを庇ったと僕たちに証言した。もしその証言が警察に届かなかったら？　警察は伯父さんを犯人として捜査を続けざるを得ない。

ただ、榊原さんの腕にはストーカーの血が付着していたようだし、そのことは警察も恐らく把握している。ストーカーを殺害した刃物も、状況を見れば恐らく榊原さんの包丁だ。警察が榊原さんが真犯人だと考える可能性は高い。だけど、榊原さんにはすでに黙秘を徹底させている。警察は僕たちと違い、一切証言を得ることができなくなるのだ。

「なるほど、今度は僕たちが先手を取れるわけですね。でも、伯父さんにはすでに黙秘をお願いしてますし、榊原さんは入院中です。警察も強行に事情聴取は行えないのでは？」

「そうでもない。入院中の榊原はともかく、問題は酒井だ。もし俺が警察で、榊原が犯人じゃないかと疑い始めたとしよう。そうしたら当然酒井を脅すな。榊原を逮捕されたくなければ、黙秘はやめて本当のことを言えと。そうなると厄介だ、酒井は榊原を庇うためにウソの自白をする可能性がある。黙秘のまま裁判やれるならともかく、警察に都合のいい調書を作られると面倒だ」

「あ……」

伯父さんの性格を考えれば、それは充分考えられる状況だった。真実を証言するだけならいい、榊原さんを庇うために、「本当に自分がやりました」とウソの自白をする可能性だって考えられる。

「ただでさえ、密室でいかつい警察官に四八時間自白を強要されるわけだ。黙秘でやり通せると思うか？」

阿武隈の懸念はもっともだと思った。

たとえば前回の事件では、負けん気の強そうな井上《いのうえ》検事の弟でさえ、無実の罪を自白した。警察があらゆる手で自白を強要してくれれば、老若男女を問わず苦し紛《まぎ》れにウソの自白をしてしまう可能性は常にある。これは歴史が証明している事実だ。

「どうすればいいんですか。なにか手を考えてはいるんですよね?」

阿武隈はニヤリと笑った。まるで僕がそう訊《たず》ねるのを待っていたかのようだった。

「安心しろ、手はある。ただ、ちょっとおまえさんが好きそうなやり方じゃないんだが」

「教えてください。それで依頼人の権利が守られるならやりますよ」

「よし、その言葉を待ってたぜ。いいか、おまえさんは明日から警察署に張り込んでもらうことになる」

「それは構いませんが。でも、取り調べには立ち会えませんよ?」

これがアメリカの裁判ドラマであれば、取り調べのときから被疑《ひぎ》者の権利を守るべく舌戦を繰り広げる勇ましい弁護士の姿が描かれるところだ。ところが日本では、警察の取り調べや事情聴取には弁護士であっても立ち会うことができない。

「そうだ、取り調べには立ち会えん。だが被疑者は弁護士に助言を求める権利がある。そいつを悪用するのさ」

「……今自分で悪用って言いましたね?」

◆

こうして明日以降の方針を決めた僕たちは、ひとまず事件現場に向かった。すでに警察が徹底的な捜査をしているだろうが、現場だけは早めに見ておいた方がいいという判断だった。

現場は人通りの多い、大きな通りから一本裏へ入った道だ。裏道というほど細くもなければ寂れてもいないが、時間帯によっては人通りも少なくなるだろうし、見通しも悪い。なるほどストーカーが待ち伏せるには格好の場所だった。ただし殺人事件が起こってわずか数時間しか経過していないこともあってか、現場は捜査員や野次馬《やじうま》でごった返していた。

少し先には料理教室が入ったらしいビルがあるのも見える。だけど、分かることと言えばそれまでだった。当然ながら現場は警察に完全封鎖されており、被疑者の弁護人であろうが立ち入ることは許されない。

念のため、それから僕は阿武隈と別れ、一人で付近のコンビニや営業中の店を回った。事件に関係する情報や、警察が回収していない防犯カメラの映像でも残っていないかと思ったのだ。

だけど、阿武隈が正しいというか警察が優秀というか、警察官が立ち寄っていない店を見つけることすらできず、時間を無駄にしただけで終わったのだった。

2

翌日、僕は一人で朝から警察署へ向かっていた。阿武隈から教えられた悪知恵を実行するためだ。目的は伯父さんの証言を徹底的に封じることである。

海外ドラマでよく見かける、「警察の取り調べに弁護士が同席する」というのは、日本では許可されていない。ただ一方で、逮捕されて弁護士が付いた後なら、被疑者はいつでも弁護士に助言を求める権利がある。

だから今日、僕はまず警察が伯父さんへの取り調べを始める前に接見し、すべきことを伝えた。

「僕と丸一日こうしていてください」

それは本当に単純過ぎる方法だった。阿武隈からその方法を聞いたときは僕も呆《あき》れたほどだ。


「本当にずっとこうしているだけでいいのか?」

透明なアクリル版の向こう側から、伯父さんは不安そうに訊ねた。

「ええ。逮捕された被疑者は弁護士と相談できる権利がありますから。あとはこのまま時間さえ過ぎれば取り調べできる時間はなくなります」

並の刑事事件であればここまでする必要はないかもしれない。だけど殺人事件という重大事件であり、かつ伯父さんの特殊な状況を考えれば、ここまでやる理由は充分だった。

こうなると伯父さんが逮捕され、かつ僕を弁護人にしてくれていたのは不幸中の幸いだった。たとえば僕が国選弁護人、つまり裁判所の要請で伯父さんの弁護人になっていたとしたら、伯父さんを弁護できるのは逮捕されて警察の取り調べが終わり、さらに検察が起訴した後ということになる。とてもこの方法は使えない。

「実を言うと一つだけ問題があって、僕たちがこの接見室をずっと使ってると他の弁護士が依頼人と接見できないんですよね。なのでそういう場合は交代せざるを得ないんですが」

「そんな仕組みだったのか。ひどい話だな、つまり接見室が空いてないと接見できないってわけか？」

「ええ、不公平なもんです。でも今はこれがルールですから従うしかありません」

「ふうん。しかしそうなると暇だな。こうして一日過ごすしかないわけだろう？」

「暇というのは同感ですが、これも伯父さんと榊原さんを守るためです。居心地もよくないですが、なんとか辛抱してください」

「ああ。ま、刑事と丸一日同じ部屋よりはマシだな」

こうして僕と伯父さんは、ひたすら時が過ぎるのを待った。事件のこと、あるいは過去の思い出話など、話すことがないわけではないが限りはある。大体はぼーっとしているだけだった。

一番の問題は他に接見室を使いたい弁護士が出てくることだが、さすが大都市東京にある警察署だ。接見室も一つだけということはなく、追い出されることはなかった。

それに、多少気分転換ができるタイミングもある。昼食時だ。警察も僕も伯父さんに食事させないわけにはいかず、このときだけは僕も外に出ざるを得ない。

「じゃあ昼食が終わったらすぐにまた僕との接見を要求してください。僕もロビーで待機してます。もし警察の対応が遅れたらすぐ抗議しますから」

「分かった、ありがとうよ。おまえも外でなんかうまいものでも食ってきてくれ」

「ありがとうございます、そうします」

逮捕されたままの伯父さんを放置して自分だけ美味しいものを食べる気にはなかなかなれない。だけど、ここで僕が体力を消費してしまっても意味がない。せめて精の付くものを食べようという気にはなる。

と、僕が警察署を出ようとしたときのことだった。

二人の刑事が、ロビーで僕を待ち構えていた。一人は僕より少し年上ぐらい、もう一人は五〇代ぐらいの年配の刑事だ。

「おい、おまえ一体いつまで酒井と接見してる気だ？」

若い方の刑事が、かなり苛立った口調で言った。恐らく彼らは伯父さんを取り調べるはずだった刑事なのだろう。

「いつまでもですよ。それが僕たちに与えられた正当な権利ですから」

「いい加減にしろ！」

ついに若い方の刑事が激昂《げきこう》した。

「調べはついてるんだ！　酒井がやったことは分かってる、今ここで取り調べを拒否したところで反省してないと罪が重くなるだけだぞ！」

　その発言に、僕は萎縮するより先に、大きくため息を吐《つ》いてしまった。

「おい。なんだそのわざとらしいため息は⁉」

「あなたのせいですよ。あなたが変なことを言うから、僕はこれから知り合いのクズ弁護士のようなことを言わないといけなくなってしまったんです」

「なんだと⁉　一体なにを言ってる⁉」

「あなたはさっきこう仰《おつしや》いましたね？　調べはついてると。酒井さんがやったことは分かってると。ということはつまり、酒井さんがなにか証言する意味はまったくないということですよね？　取り調べは打ち切っても問題ないということですね？」

　当然のように若い刑事は押し黙った。

「それからもう一点。シラを切ったところで反省してないと罪が重くなるだけだぞ——あなたは一言一句違うことなくこう言いましたね？　日本では黙秘権がありますし、取り調べに応じないからといって被疑者が不利をこうむることはありません。そのことを知らないと仰る？」

「い、いや、そんなことは……」

「今のは不適切に過ぎる発言です。公安委員会に通報すべき案件でしょう。あなたの名前、教えてもらえますか？」

若い刑事が顔を青ざめさせる。

と、そのとき年配の方の刑事が、「おまえは黙ってろ」と彼の肩を掴《つか》んで強引に引き下がらせた。

「公安だろうがなんだろうが苦情を申し立てたきゃそうすればいい。だがな、それで殺人の容疑が晴れるわけじゃないことは分かってると思うがな」

「いいでしょう、ではこうしましょう。公安に通報することは取りやめます。その代わり、取り調べももう打ち切ることをお約束ください。お互いの時間の節約になるでしょう？」

「……前向きに検討しておこう」

彼の言葉は正しかった。

もはや警察も取り調べは困難だと理解したのだろう、その後、昼食から戻ってきた僕に、取り調べは終了すると伝えられたのだ。

もちろん、すぐには信じられなかったのでしばらく僕は警察署を離れることができなかった。ところがである。彼らの言うことを信じざるを得ない、とんでもない出来事が起こった。

僕が警察署のロビーでウロウロしているときのことだ。すべての拘束を解かれた状態で、伯父さんがふらりと出てきたのだ。

「ど、どうしたんですか伯父さん⁉　なんでここに⁉」

「いや、それがな。釈放されたんだ。もう家に帰っていいと」

予想だにしない展開に、僕は愕然《がくぜん》とした。伯父さんの取り調べは終了するどころか――釈放されたというのだから。

「一体どういうことだ？　なんで俺が釈放される？」

「わ、分かりません。いや、待ってください。伯父さんが釈放されたということは……」

最悪の予想が脳裏をよぎった。警察が目を付けてもおかしくない被疑者は二人しかいないのだ。伯父さんが釈放されたということは――。

「まさか、榊原さんが!?」

「おい、冗談だろう!?　で、電話だ電話！」

僕は慌てて携帯を取り出し、番号をコールした。

『おかけになった電話番号は、現在電波が届かないところに――』

お決まりのメッセージが流れた。

「繋《つな》がらない……。病院だから!?」

なにせ彼女は看護師だ。病院に入院している間は、律儀に携帯の電源を切るぐらいのことをしていてもおかしくない。

やむを得ず、僕は次に病院の受付に電話をかけた。

「すいません、そちらに榊原恵子さんという方が入院されていませんか？」

『申し訳ありません、患者さんのプライバシーに関することはお答えできません』

さすが個人情報保護は徹底されている。だけど今は感心している場合ではない。

「電話を取り次いでもらうだけでもいいんですが」

『申し訳ありません、そういったことも当院ではお受けしないことになってまして……』

「分かりました、すいません」

このままでは埒《らち》が明かない。僕は電話を切ると、もうやむを得ず阿武隈に電話をかけた。

「もしもし阿武隈さん!? 僕です、面倒な事態になりました！」

『おう、どうした？ 酒井が釈放でもされたか？』

ときどきこの人のことが怖くなる。

「なんでそれが分かるんですか……!?」

『可能性としちゃ考えてはいたからな。おまえさんから大変ですって言われた瞬間分かったよ。付け加えると、榊原と連絡が取れなくなって困ってるんじゃないか？』

「だからどうしてそこまで分かるんです!?」

『順序通り考えれば難しいことはなにもないだろ。事は殺人事件だ、無条件で被疑者を釈放すりゃ世間が不安がる。当然、入れ替わりに別の被疑者が拘束されたはずだ。筆頭候補はもちろん榊原だろうし、おまえさんもそう考えて慌てて彼女に連絡を取ろうとしたはずだ。だが取れなかったからそんなに動揺してんじゃないかと思ってな』

「ええもうその通りですよ！ 病院に連絡してみましたがプライバシーを盾に入院の有無も教えてくれないんです！ もう本当にどこにいるのか……」

『おいおい、そんなことも分からないのか。榊原の居場所ぐらい、少し考えりゃすぐ分かることだろ』

「ええ⁉　一体どこですか⁉」

『あのな、警察が榊原の身柄を確保するとしたら、やり方は二つしかないだろ』

「任意同行か、逮捕、ですか」

『そうだ。だがまだ逮捕はされてない。弁護士なら分かるだろ？』

「あ……！」

伯父さんがそうだった。任意同行での事情聴取では弁護士を呼べないが、逮捕された場合は別で、僕なり弁護士会なりに電話をかけられる。ということは、必然的に榊原さんは任意同行で警察署にいる可能性が高いわけだ。

「ということは、ひょっとして僕が今いるこの警察署のどこかで取り調べを受けているんでしょうか？　事件現場を管轄してる警察署ってここのはずですし」

『可能性はあるな。だが俺だったらやらない気がする。その警察署にはおまえさんって弁護士が朝から張り込んでるのは分かってるはずだ。俺だったらそんなところに連れていくわけがないし、そもそも女性が入れる留置場はごく限られてる。そこの警察署には女性向け設備がなかったはずだ』

「では違う警察署に⁉　それじゃどこにいるかも分からないじゃないですか！」

『冷静になれよ。都内の女性が入れる留置場は極端に少ない。池袋に一番近い場所となりや、一つしかない』

「ああ……! 思い出した、原宿《はらじゅく》警察署ですか!」

勉強不足、経験不足を嫌と言うほど痛感させられる。

僕の悩みは、女性が入れる設備を持った留置場のことさえ思い出していれば、とっくに解消されていたものだ。それを僕は知らず、阿武隈は知っていた。つくづく、僕に阿武隈を非難する資格なんてない。

「でも、場所が分かってもどうすればいいんでしょう? 任意同行されたとなれば、あとはもう逮捕状が出るか、榊原さんが自分の意志でどうにか警察署から出ない限り手が出せないんじゃ……?」

『はっはっは、その通り、正解だ。実はな、榊原がどの警察署にいようと俺たちはもう手が出せないんだよ。任意同行で連れ出された時点で俺たちに接見する手立てはない』

あの阿武隈が、あっさりと匙《さじ》を投げた。今はそういう厄介な状況らしい。

「一体どうやって榊原さんを連れ出したんでしょうか? なにかあればすぐ僕たちに電話するよう、榊原さんにも充分説明しておいたのに……」

『手立ては想像つくさ。一応逮捕状を用意して、任意同行と手錠されて逮捕されるのどっちがいいんですかって聞くんだよ。警察がよくやる手だ、拒否したら強引にでも連れて行くと脅されたんだろうよ』

恐らく、その通りだろう。これは阿武隈が鋭いというより、そのパターンしか考えられないというべきだ。

『とりあえず病院へ行ってみるんだな。サツどもが入院患者を任意同行させるにあたって、なんらかの手落ちがなかったか調べるんだ。うまくいきゃ逮捕状に手落ちがあったと訴えられるかもしれん』

「なるほど、分かりました……！　でも教えてくれますかね？　プライバシー保護の観点から、個人の情報はなにも教えてくれないんじゃ……？」

『ああ、そうだろうな。正直言って無駄足になる可能性が高いが、どうせじっとしてられないんだろ？　行ってこい。そうこうしてる内に榊原も逮捕されて連絡が来るだろ。俺も原宿に行く準備はしておいてやる』

「分かりました、では」

　僕が電話を切ると、

「どうだ？　恵子ちゃんのこと、なにか分かったか？　かなり物騒な会話が聞こえたが」

　間髪入れず、伯父さんが状況を聞いてくる。

「かなりよくないみたいです。警察に捕まっていると見た方がいいようです」

　伯父さんは一度だけ息を呑《の》んだが、逆に落ち着きを取り戻したようだった。

「そうか。やっぱりそうなのか。いや、恵子ちゃんが血まみれのストーカーと一緒に倒れていたのを見たときから、少し覚悟はしてたんだ。あとはもうおまえが頼りだ。やってくれるな？」

「ええ、全力を尽くします。任せてください」

本音を言えば、自信があるわけではなかった。でも、とにかくやるべきことをやらなければならない。

僕は伯父さんと別れると、例によってタクシーを拾ってまず病院へ向かった。

そして結果的に——阿武隈の言う通りとなった。

「申し訳ありません、患者さん個人にかかわる情報は、なにもお教えできないんです」

どこの部署にどれだけ粘って質問しようとも、丁寧な口調でやんわりと追い返されるだけだった。

個人情報保護の観点から見れば、それは当然の対応と言うべきかもしれない。だけど、僕は少し違和感を覚えた。榊原さんはここに勤務していたわけで、職員たちからすれば仕事仲間、同僚である。事実、昨晩は面会時刻を過ぎていたのに適当な理由を付けて榊原さんと面会させてくれた。たった一晩の間に、態度が豹変《ひょうへん》し過ぎではないだろうか。

そして、そうこうしているうちに事態は次の段階へと移った。すなわち——榊原さんに正式に逮捕状が出され、結果的に僕たちは彼女と接触することができたのだ。

場所は予想通り、原宿警察署だった。

3

「本当に……ありがとうございます、来ていただいて」

接見室の、透明な壁を隔てた向こう側で。

榊原さんは青ざめた顔で、深々と僕と阿武隈に頭を下げた。

気持ちは分かる。彼女は今までずっと一人で敵地たるこの原宿署にいたのだ。

「本当はもっと早く駆けつけたかったんですが、すいません。警察に先手を取られてしまいました。それにしても一体なにがあったんですか？　今朝はまだ病院に入院されていたんですよね？」

「ええ」

「となれば当然、警察も手を出せないと思ってたんですが……」

「それが、違うんです。朝になって突然、先生が刑事だって方を連れて病室に入ってきたんです。体にはなんの異常もないのだから、警察の事情聴取ぐらい受けても問題ないって」

「え⁉　つまり病院が警察に協力するようにと言ってきたんですか⁉」

「はい……」

病院は患者の味方をしてくれるものとばかり思っていた。実際、昨日《きのう》まではそうだったという印象だ。ところが、今日僕も病院へ行って気づいたが、あまりに対応が変わりすぎている気がする。

「阿武隈さん、なぜだと思います？　なぜ突然病院側は対応を切り替えて職員を切り捨てるようなことを……」

「いやおまえさん、それぐらい分かるようになろうぜ？　少し考えりゃいくつか理由は思いつくだろ。ヒント、人間はウソと保身が大好き」

確かに、なんでもかんでも阿武隈に頼るのは僕自身好きではない。そして、阿武隈のヒントは非常に分かりやすく、僕にも簡単に答えが分かった。

「つまり……病院側が榊原さんを切り捨てにかかったと？」

「そうだ。病院に何度もパトカーがやってくりゃ世間体もよくないし、忘れたのか？　今回殺されたのは外科部長の甥っ子だろう？　もうどうなろうと病院がワイドショーのネタにされることは間違いない。だったらせめて警察にだけは媚《こび》を売っておこうって考えたとしても不思議じゃねえな」

榊原さんの顔が曇ったが、それ以上の反応は見せなかった。薄々彼女も感じていたのかもしれない。

「あるいはその外科部長ってのが病院に手を回したのかもな。甥っ子の仇討《あだう》ちとなりゃ犯人引き渡しの手配ぐらいはしそうなもんだ」

つくづく思う。僕には考えが足りないかもしれないが、阿武隈には配慮が足りていない。

「ま、過ぎたことを言っても仕方ねえ、話を戻そう。朝、病室に警察官が来た、それでどうしたって？　事情聴取を受けたのか？」

「いいえ。言われた通り、拒否していました。黙秘権を行使しますって。でもそうしたら、黙秘権は自分に不利な供述を拒否できる権利だと言われました。黙秘するということは、なにか後ろめたいことがあるのかって。せめてこれだけは聞かせて欲しい、なぜ現場に倒れていたのかって……。わたし、段々不安になってきて……。言ってしまったんです、ストーカーが突然出てきて襲われたって」

警察のやり方が巧《たく》みだというべきだろうか。

確かに、黙秘権は自分に不利となり得る供述を拒否する権利だ。だけど、どんな供述をすることが自分の不利になり得るかは少なくとも警察が判断することではない。警察になんと言われようと、榊原さんは黙秘権を行使し続けるべきだったのだ。警察に情報を与えない、それが僕たちの方針だったのだから。

「それからどうした？　サツどものことだ、それだけで満足して帰ったりしなかっただろう？」

「はい……。約束通り、事情聴取はこれ以上しない、その代わり指紋だけ採取させて欲しいと言われました。これは事情聴取じゃないし、指紋なんてどこからでも採取できるから問題ないでしょうって言われて。結局、拒否できなくて……」

「聞いたか本多。これが警察だ」

阿武隈は、ニコニコとすがすがしい笑みを浮かべた。

「言葉巧みに相手を誘導し、必要な証言と証拠をもぎ取る。尊敬するよな、なかなかできることじゃない。あいつらに任せればどんな人間だって一〇〇％逮捕できるに違いない」

「阿武隈さん、気持ちは分かりますがここで警察の悪口言っても仕方ないでしょう」

「バカいうな、いつ俺が悪口なんて言ったか？　ただ警察を褒めてるだけだろ」

それは褒め殺しとかそういう類の悪口だと思ったけど、あえて指摘する気にはなれなかった。

「とにかく事情は分かった。警察は今朝のうちからおまえさんを疑っていたってことだろうな。指紋まで採取していったってことは、恐らく凶器の包丁におまえさんの指紋でも残ってたってことだろう」

「……それはあり得ると思います。多分それ、わたしの包丁ですし」

一応、その包丁については伯父さんがハンカチで拭ったと聞いているが、やはりすべての指紋は拭いきれなかったんだろう。だけど、そうなるとある疑問が生じる。

「待ってください。つまり警察は、自首してきた伯父さんをあっさり白だと判断して、榊原さんが犯人だと切り替えたということですか？」

「そう考えるしかないな。警察にもなかなかの切れ者がいるらしい」

警察と言えば、自白を最大の証拠として扱うという印象がある。当分は自首した伯父さんを犯人として扱うかと思っていたけど、残念ながら僕たちのアテは外れたらしい。

「まあいい、榊原さんよ、その後は？」

「あ、はい。正午ぐらいのことでした。体に問題はないので退院という段階になって、また警察の人が来たんです。事情聴取のため警察署まで同行をお願いしますって。拒否した場合、逮捕状があるので強制的に連行することになりますと言われて。もう拒否できなかったんです……」

「聞いたか本多。これが警察だ」

また阿武隈は怖いほどニッコリ笑う。

「逮捕状があるのでいつでも手錠して連行できます。でもそれじゃあなたの世間体が悪いでしょうから、今回は特別に任意同行にしてあげますよってな。これは警察さまの大変ありがたい配慮なんだぞ？　証拠に自信があるなら最初から逮捕しろよとか思うなよ？　任意同行だと弁護士呼ぶ権利がないからな、あいつらは被疑者が弁護士に高い金払わずに済むようにしてくれてんのさ」

「分かりました、警察褒めるのはもういいですから。それで榊原さん、ではここへ来てからはどんな質問をされたんですか？」

「あまり大したことは……。一応わたしも言ったんです、本多さんに言われたことを思い出しまして。『逮捕されるってことは、黙秘権を行使できるってことですよね？』って。でも、じゃあすでに分かってることだけ聞かせてくれって言われて、病院のタイムカードとか色々目の前に並べられました」

「タイムカード？　ああ、つまり病院を出たのは何時かと聞かれたわけですか」

「ええ、そうです。あと、料理教室に通ってますね、とか」

「おまえさん、こうも言われただろ。『帰宅時間を答えるのは、別にあなたを不利にするものではありませんよね？』とか」

阿武隈の質問に、榊原さんは驚きを隠せないでいた。

「はい。まさに同じことを聞かれました」

また阿武隈が「どうだ、これが日本の警察だ」みたいな顔をして僕を見るが、いちいち相手するのも億劫《おっくう》だったのでスルーする。

「榊原さん、ひょっとして警察が作った供述調書にサインしたりしました？」

「ええ……。その、わたしが殺したとか、そういうことは書いてませんでしたし」

僕と阿武隈は自然と黙ってしまった。

今回ばかりは警察がすべて上手《うわて》だったらしい。警察は逮捕状と任意同行をうまく使い分けて榊原さんを連れ出し、僕たちと完全に接触を断った上でまんまと供述調書を作り上げたのだ。

「まあいい、どうせいつか疑われることは分かってたしな。あとはこっちでなんとかするさ。なあ、本多？」

「ええ。榊原さん、心細いでしょうがどうか僕たちに任せてください。必ず無罪を勝ち取って釈放して見せますから」

「すいません。よろしく……お願いします」

憔悴《しょうすい》し切った面持ちで、彼女は深々と頭を下げた。

◆

「さてと。戦闘開始だ、本多。今回は美人の依頼人だしな、気合い入れていこうぜ」

面会室を出ると、阿武隈は珍しい単語を口にした。この人から気合いを入れて、なんて聞かされるのは初めてのことじゃないだろうか。

「その言い方だと、依頼人が美人じゃないと気合い入らないみたいですね」

「お、いいね。その揚げ足取り。反対尋問するときはそのひねた考え方を忘れるなよ？」

僕の皮肉は、もちろん通じなかった。

知り合いの検事の姿を見かけたのは、そんなときだった。

「ああ、いたわ。よかった、入れ違いになってたらどうしようかと思ったわよ」

井上検事だった。僕の大学時代の同級生にして、やり手の検事である。

「なにか御用ですか？　井上検事が僕たちに会いに来るとは珍しいですね」

「最近上司が替わったんだけど、その上司があなたたちと話したいって言っててね。ちょっと会って行ってくれない？」

思いがけない申し出である。どうしたものかと僕は返事に困ったが、

「会うのは別に構わんぜ？　だが検事なんぞにわざわざこっちから会いに行くのはゴメンだ。用があるならそっちが来いって伝えとけ」

阿武隈は即座に彼らしい返答をしていた。

「あなたならそう言うと思ってたわ。朱鷺川《ときがわ》さん、お聞きの通りです」

井上検事は僕たちから見えない通路の曲がり角に向かってそう言った。すぐにその影からある男が姿を現す。

顔見知りだ。以前、少しだけ会話を交わしたこともある。それも隣の県で。

「あなたは、朱鷺川検事……」

「よかった、今をときめく若手弁護士に名前を覚えておいていただけたとは光栄ですよ」

あれは井上検事の弟さんを弁護したときのことだった。神奈川県の事件現場で、彼と会話したこともある。

「ああ、思い出した」と阿武隈も手を叩《たた》く。「東京地検所属なのに、なぜか隣の県にまで出張ってたあの検事か。それにしてもなんつう登場の仕方しやがんだ。おまえさん、まさかずっとその曲がり角で待ってたのか？」

「ええ、あなた方がどういった性格なのかを知っておきたいと思いまして」

阿武隈のようなニッコリとした笑顔で言う。

「暇なヤツだな。まあいい、それでなんの用だ？」

「大した用事でもありません。今回、この殺人事件を担当することになりましたので一言挨拶をと思いまして」

なんとなく嫌な予感しかしなかった。わざわざ僕たちの――いや、阿武隈の敵に回ったということは、よほど自信があるのだろう。

「そりゃ災難にな。普通の検事だったら俺が弁護する刑事裁判なんて引き受けないはずだ。おまえさん、ひょっとして職場で爪弾《つまはじ》きにされてたりしないか？」

阿武隈はいつも通り挑発する。井上検事はハラハラしている様子だったが、朱鷺川検事は気にした様子もない。

「お気遣いなく。あなた方こそ刑事裁判の連勝記録を作っている最中でしょう、記録を中断しないためにも今のうちに手を引かれてはいかがですか？」

「なるほど、おまえさんはようするに挑戦状を叩きつけに来たってわけだ」

阿武隈はニヤリと笑った。

「ならその気持ちの悪い敬語はやめていいぞ。どう繕ったって俺たちは敵同士、慇懃《いんぎん》な態度でいるのはお互い疲れるだけだろ」

「それは非常にありがたい提案だ」

朱鷺川の雰囲気が瞬時に変わった。それまでの公務員的な雰囲気はどこへやら、まるで阿武隈が二人になったかのような印象さえ受ける。

「せっかくだ、一つだけ忠告しておいてやろう。君たちは小細工が好きだと聞いていたが、さすがに今回は墓穴を掘る形になったな」

「……なんのことです？」

堪えきれず、僕は思わず口を挟んでいた。

「君の伯父さんの酒井という男のことだよ。彼は榊原を庇うためウソの自首をし、君らもその手伝いをしただろう？　ああいや、答えなくていい」

　阿武隈はともかく、僕は表情に動揺が出ないよう堪《こら》えるのに必死だった。

「事件現場には三人いた。殺された被害者と榊原、それから彼女の面倒を見ていたという酒井だ。当初、酒井は犯行を自白していたものの、君ら二人に面会した次の日から突然取り調べに応じなくなった」

　朱鷺川検事は鼻で笑った。

「おかしな話だ。自分から犯行を認めて逮捕された男が、急に取り調べを拒否する理由がどこにある？　しかも解せんのは本多弁護士、君の行動だ。ただ証言させたくないだけなら黙秘権を行使させればいい。だが本多弁護士――」

　僕を正面から睨《にら》みつけてくる。

「君は一日依頼人に付きっきりとなり、徹底的に取り調べを拒否したそうだな？　あれが余計だったたな。酒井にしゃべられては困る秘密があったんだろう？　だから一日付きっきりで取り調べを見張る必要があったわけだ。それが分かれば、どんな秘密を抱えているかなど容易に分かる。榊原を庇っているということがな」

「あ……」

　すべて見抜かれていたのだ。しかもその状況を利用して、こっちの行動の裏をかかれたのだ。

「酒井は犯人隠匿で再逮捕してもよかったが、せいぜい執行猶予だし、なにより彼の下手な黙秘のおかげで榊原が真犯人だと確信できた。今回のところは見逃してやる、感謝するんだな」

「くっくっく」

だけどそのとき、阿武隈が突然人を嘲るようなわざとらしい笑い方をした。

「面白いな、おまえさん。まさかそこまで都合良く騙《だま》されてくれるとはな」

「なんだと？」

阿武隈のセリフに、さすがに朱鷺川検事も目を剥《む》いた。実を言えば僕もだ。

「ああ、大方その通りだ。確かに俺たちは、酒井にしゃべられると都合の悪いことがあった。だがそれは別に、〝真犯人が榊原〟ってことじゃない。隠したいことは別にあったのさ」

この人はなにを言い出すのかと思った。

「別の目論見《もくろみ》があったというのか？」

「そうさ。おまえさんは俺が仕掛けた罠《わな》にまんまと引っかかったんだよ。悪いことは言わん、その程度のことが見破れないなら今すぐこの案件から手を引いた方がいい。せっかくの経歴に傷が付くことになるぜ？」

「ふん。いいだろう、これは楽しいことになりそうだな、どちらの経歴に傷がつくことになるやら」

「あの、二人ともいいですか？」

我慢できず、僕は二人の会話に割って入った。

「さっきから聞いてたら一体なんなんです？　手を引けだの経歴に傷がつくだの。僕たちにとって重要なのは、真実を明らかにして法を執行することだけでしょう？」

「おやおや。警察署に朝から張り込んで取り調べを妨害した君に言えることかね？　君こそ真実追究を邪魔してるようにしか見えないが」

「それは誤解です。日本の警察の取り調べ技術は一流です、それこそ無実の人間に罪を認めさせられるほどに。その警察にすべてを委ねることが、必ずしも真実追究に繋がらないことは歴史が証明しているでしょう」

朱鷺川検事は苛立《いらだ》たしげに舌打ちした。

「ふん、まあいい。理想は立派だが、それに伴う実力があるかどうか見せてもらおうじゃないか。そうそう、取引ならいつでもしてやるぞ。素直に殺人を認めるなら過剰防衛による殺人ということにしてやってもいい。実刑判決は免れんだろうが、数年で済む」

「余計なお世話さ。俺たちは俺たちのやり方でやる。おまえさんが気にする必要はない」

「そうか、では君たちの健闘を祈るよ。行くぞ、井上」

「あ、はい」

井上検事はぺこりと僕たちに軽く一礼すると、朱鷺川検事の後を追っていった。

「認めよう、あいつやり手だ。あっさり俺の仕掛けた罠を見抜きやがった」

阿武隈が不吉なことを言う。ただ、望みはあった。

「でもまだ罠はあるんでしょう？　教えてください。あの朱鷺川検事も見抜けなかったって言う、酒井さんに——伯父さんにしゃべられると都合の悪いことって一体なんですか？」

阿武隈はニヤリと笑って僕の耳元に口を寄せ、そして言った。

「分からないのか？　ハッタリだ」

「………」

咄嗟《とっさ》になにも言えなかった。

「いやはや、まんまと下手を踏んじまったな。だからってああも一方的に言われるんじゃ悔しいからな、実はもっと裏がありましたってウソをついてやった。向こうが勝手に疑心暗鬼に陥ってくれりゃラッキーなんだが」

「……つくづく、あなたは前向きなんだか後ろ向きなんだか分かりませんよ」

「なに言ってんだ、俺ほど前向きな弁護士もそうはいないってのに。それに、とりあえずこれで弁護の方法を二つほど思いついたぞ」

「是非聞かせて欲しいところですが……」

阿武隈のことだ、すぐさま教えてくれるとは思えない。

「一応、僕も少し考えてみていいですか？」

「いい心がけだ。どうせここで話すわけにはいかんからな、外に出るまでに考えてみろ」

確かに、ここはまだ原宿署内だ。こんなところで今後の弁護方針を話すわけにはいかない。

僕と阿武隈は早足で外に出た。その間、僕は必死に頭を回転させる。

殺された一ノ瀬《いちのせ》がストーカーだったことは検察も知っているだろう。殺意を伴った計画的な殺人ではなく、過剰防衛による殺人になるかもしれないが、いずれにせよ榊原さんが犯人として起訴されるのは時間の問題だ。

その榊原さんをどういった点で弁護すればいいのか？　ようは榊原さんが殺人などできない状態にあったことを証明できればいいのだ。それについては一つだけ思い当たることがある。

「よし、ここなら誰も聞いてないだろ。本多、なにか考えついたか？」

原宿署の外に出て周囲に誰もいなくなったところで、ついに答え合わせの時間になる。

「一つ思いつきました。殺人事件が起こったと思われるとき、榊原さんは意識を失っていたと言っていました。そのことを証明できれば無罪にできるんではないですか？」

「一応正解だ。ま、その程度のことが分からなかったら手なんて組めないがな」

「でも気絶していたことを証明なんてできるでしょうか？」

「正直、それについては起訴を待つしかないな。サツどもが収集した証拠を見れば、なにか分かるかもしれん」

「はあ。クロロホルムを持ってたとかですか？」

「アニメやドラマじゃないんだ、クロロホルム嗅がせたぐらいじゃ一瞬で気絶したりしねえよ。だが注射ならあり得る。サツどもが意図的に証拠隠しでもしない限り、何かしら分かるだろうよ」

「分かりました、ではひとまず公判前整理手続で証拠リストの請求ができるまで待ちましょう。じゃあ、阿武隈さんが考えたもう一つの弁護方針というのは？」

「簡単だ、警察を批判するのさ」

また物騒なことを言い出した。

「阿武隈さんが警察を批判するなんて毎度のことだと思いますが……。今度は一体どんな根拠で警察を批判するんですか？」

「榊原って俺たちの依頼人は、以前から警察にストーカーの相談をしてたわけだ。警察はストーカーに警告を出したが、にもかかわらず榊原に会いに来たんだろ？」

「ああ……。阿武隈さんがなにを言おうとしているのか分かりました。警察がもっとしっかり対応してれば事件は防げたってことですね？」

「そうだ。今回の事件は警察の手落ちが原因さ。そこを徹底的に突こう」

「どうですかね？　現行のストーカー規制法を考えても、警察は必要な対応をしてくれてはいたと思うんですが」

「バカ！　そんな理屈で誰が納得すると思う？　判官贔屓《ほうがんびいき》だ、警察や役所は叩いた方がみんな喜ぶんだよ。警察がもっとしっかり対応できてりゃこの事件は起きなかった、そう主張すべきなんだよ」

相変わらずクズのような考え方だった。

「警察のせいだったと主張してこそ裁判員も被告人に同情してくれる。裁判員が味方になりゃ圧倒的に有利ってことは分かるだろ？」

「それは分りますけど！　でもそんなのできませんよ、ちゃんと対応してくれた警察官の人にも申し訳がないですし」

「あのなあ、おまえ弁護士だろうが。警察のことなんざ気にしてる場合か？　それより被告人に対して申し訳ないとは思わないのか？　警察なんざ今更批判されたって屁《へ》とも思わないさ。一方でおまえさんの依頼人は今後の人生すべてが懸かってるんだぞ？　さあ、優先すべきはどっちだ？」

「悪魔ですかあなたは」

ひどい二者択一だった。

「大体な、悪いことばかりじゃない。ストーカー規制法で止められなかった犯罪なんてたくさんあるんだ。それを嫌だと思ってるのは一般市民だけじゃない、警察だってそうさ。この事件が契機となってストーカー規制法が強化されりゃ警察だって喜ぶ。その手伝いができると考えりゃ、心を鬼にしたっていいだろ？」

鬼どころか悪魔になれってことじゃないのか。そう思ったけど、口には出せなかった。

実際、僕は阿武隈の提案に心が傾き始めていたのだ。

僕は榊原さんの弁護人だ。そしてこれは彼女の人生が懸かった刑事裁判。彼女のためにも、やれることはやるべきだった。それに、警察の対応を非難すればストーカー規制法の強化に繋がるという阿武隈の話には納得できる点もある。

それは悪魔の提案だった。だけど——僕に拒否はできそうになかった。

4

それから瞬く間に日数が経過していった。

なにせ殺人事件、それもストーカー絡みでおまけに被疑者の榊原さんは美人なのだ。ワイドショーや新聞でも、連日このニュースは大きく取り上げられた。

幸いというべきか、世間は榊原さんに同情的だった。当然と言えるかもしれない。もともと被害者の一ノ瀬が、榊原さんにストーカー行為をしたのがすべての元凶なのだから。

世間が同情的だった理由はもう一つある。阿武隈の指示を受けて僕がメディアに発表したコメントだ。

「警察によるストーカー対策がもっと正しく機能していれば、今回の事件そのものが起こり得なかったはずです」

阿武隈に言われた通り、僕は責任を警察に帰そうとしたのだ。この効果は大きく、警察の責任が広く議論されるようになっていった。殺人のことは二の次になっていたのだ。

だけど、検察はめげなかった。そんな世論の中で、堂々と榊原さんを起訴したのだ。

それも、過剰防衛や過失致死ではない、殺人である。正直、意外だった。「悪いのはストーカーと警察の対応」という世論に押され、殺人罪での起訴は断念するかと思っていたからだ。あの朱鷺川という検事、阿武隈に張り合うだけあって度胸は据わっているらしい。

いずれにせよ、検察の起訴によってこちらが有利になる点もある。従来の刑事裁判においては、弁護人が一番困るのは警察や検察がどのような証拠を入手しているか分からないという点だった。一応、裁判所を通して「こういう鑑定結果があるはずだから見せて欲しい」と開示請求をすることはできた。だがこれでは、警察がどんな証拠を確保しているか分からない限り、開示請求もできない。しょうがないので「こういう証拠があるに違いない」とある程度推察した上で、片っ端から大量の開示請求をする必要があったのだ。あまりにも馬鹿げた話だが、一時期は本当にそうやって刑事裁判が行われていた。

さすがにこんなやり方では無益だということで法改正がなされ、近年では検察の起訴後に〝証拠リストの請求〟ができるようになった。これで警察が確保した証拠すべてが分かるようになり、個別に請求ができる。

つまり榊原さんが起訴されたことにより、ようやく僕たちは警察が掴んだ証拠すべてが分かったのである。もちろん、問題はそこからだった。僕は公開された膨大な書類を片っ端から調べ上げ、あることを突き止めたのだ。

「阿武隈さん、問題が発生しました」

僕がその日訪れたのは、阿武隈がいつもたむろしているキャバクラである。

「おう、どうした。なにか分かったのか？」

阿武隈は僕が突然やってきたことに驚きもせず、一人で酒を注《つ》いでいた。

「ええ、検察側が予定している証人のリストと証拠リストを受け取りまして。色々とまずいことになりそうです」

「ほう、とりあえずそのリスト見せてみろ」

「はい」

僕は阿武隈に数枚の書類を見せた。

「ふーん、証人に病院の関係者が多いな。って、こいつ例の外科部長じゃねえか。こいつまで出てくるのか？」

「ええ、事件現場が病院と最寄り駅の途中でしたから自然とそうなったみたいですが。それより問題は証拠リストの方です。警察は榊原さんの自宅を家宅捜査したんですが、そのときストーカーからの脅迫状が届いてるのを見つけたらしいんです」

「ん？　ストーカーからの脅迫状なんて以前から届いてたんじゃないのか？」

「それが、時期がマズいんです。まだ請求してないので現物は見てませんが、『よくも警察に通報したな、このままでは済まさない、おまえの看護ミスを訴えるぞ、俺はこうやっておまえの部屋に入ることもできるんだぞ』と言ったことが書いてあったとか」

「そうか。つまり警察にストーカー対策を頼んだ後に届いた脅迫状ってわけか」

「ええ、それも自宅の部屋に直接です。警察が捜査したとき、机の上に無造作に置かれていたとか。ただ、僕たちはその脅迫状のことはまったく知らなかったんです。榊原さんにもさっき接見して確認しました」

「なんでだ？　机の上に置かれた脅迫状なんて、どうやったって目に付きそうだが」

「いえ、当然なんです。警察にストーカー対策をお願いしてから殺人事件が起きるまで、榊原さんはビジネスホテルに泊まってましたから」

「なるほど、そういうことか。ところで気になることが書いてあるな。看護ミスってのはなんだ？　ミステリー小説に付きものの、病院に隠された陰謀ってヤツか？」

「それについても榊原さんに確認しましたが、初めて聞くことだそうです。今までも付きまとわれたことはあったものの、看護ミスなんて単語は初めて聞いたとか」

「ふうん。榊原がウソをついてるのかもしれんが、ストーカーの言うことを鵜呑《うの》みにする必要もないだろうからな。まあその裏付けはこれから取るとしても、厄介な証拠が出たもんだな。こりゃ、警察にとって都合が良すぎるぜ」

「ええ。脅迫状が届いたと警察に知らせていれば、警察もすぐさま一ノ瀬を逮捕することができたはずです。ですが榊原さんからその知らせがなかったために、警察は動けなかったという言い訳ができてしまいました」

　これでは警察の不手際を突くことができない。それどころか、脅迫状のことを届け出なかった榊原さんの方に問題があったということになってしまう。ビジネスホテルに泊まっていたために脅迫状に気付かなかった——というのはやむを得ない理由として通用するかもしれないが。

「仕方ない、出てきた以上は受け入れるしかない。で、問題はこれだけか？」

「いえ。その、榊原さんが気絶していたことを裏付けるような証拠がまったく見つかりません。殺された一ノ瀬さんが、ロープや粘着テープを所持していたことは分かりました。犯行直前に近所のホームセンターで買ったことを示すレシートもあったんです。ですが怪しい所持品と言えばそれだけです。榊原さんの気絶に結びつくようなものはありませんでした」

「そりゃ参ったな。薬品も注射器もなしか？」

「ええ。角材やバットの類も一つとして発見されていないようです」

　警察が捜査の見落としをしたという可能性は、この際ないだろう。大体、榊原さんはストーカーに背を向けて逃げたという。角材やバットで額を殴って気絶させるのは無理だろう。

「すると一体なんで榊原は気絶したんだ？　ひょっとしたらレスリングかラグビーよろしく後ろからタックルでも喰《く》らったのか？」

「その際に頭を打って気絶、ですか。あり得そうな可能性ですけど……」

　あまりしたくない想像だが、目の前で逃げようとする女性を拉致するならどうするか？　まず体当たりして地面に押し倒し、持っていたロープやテープで拘束して連れて行くというのはあり得ない話じゃない。だけど、疑問も残る。

「でも、そんなやり方では額以外にもなんらかの外傷が残っていてもおかしくないんじゃ……？」

「同感だ。後ろからタックルされて倒されるにしても、額だけ地面にぶつけられるとは思えんからな」

地面に倒されそうになれば、柔道のような心得がなくても、手や腕で受け身の一つも取ろうとするだろう。だけど榊原さんにそんな外傷はなかった。

薬物でもなく、殴ったわけでもない。その他に、一体どうやって人を気絶させる手段があるだろうか？

「あ、そうだ！」

ようやく僕は思い至った。

「分かりました、スタンガンですよ！　榊原さんは背後からスタンガンを使われたんです、これならなにが起こったか分からないまま気絶してもおかしくありません、なんで気がつかなかったんだろ!?」

素晴らしい考えだと我ながら思った。

だけど、阿武隈が感銘を受けた様子はまったくなかった。

「あのな。クロロホルムと一緒だ。スタンガンで人が気絶するなんてのは、フィクションの中だけだ」

「え、そうなんですか!?　なんかすごい気絶してるイメージあるんですけど。雷が落ちて意識失ったとかってよくニュースで聞きません？」

「そりゃ雷レベルの話だ。雷とスタンガンは違うだろ」

「でも電気は電気でしょう？　電流の強い弱いはあるでしょうけど、気絶の原因にはなるんじゃないですか？」

「ん？　そうだな、そう言われると可能性はゼロじゃない……のか？」

「阿武隈さんにしては珍しく歯切れが悪いですね」

「俺は専門家じゃねえしな。よし、じゃあ持ってるヤツに話を聞いてみよう。本多、真里《まり》を呼んできてくれ」

「え、真里さんを？　なぜ？」

「あいつ確かスタンガンを持ってるからさ。想像付くだろ？」

「ああそうか。夜遅くまで男性に酒を飲ませるのがお仕事ですもんね……」

店の外で酔った男に絡まれるぐらいのことは、いつあってもおかしくない。おまけに、彼女たちが帰宅の途に着くのは深夜だ。護身用にスタンガンぐらい持ちたくなるだろう。

「でも真里さんは仕事中では？」

「ここをなんの店だと思ってる？　指名してこい。そうすりゃすぐ来る」

「ああ、そういえばそういうお店でしたね……」

僕はボーイさんを呼んで真里さんを指名したい旨を伝えた。阿武隈の専用席となっている一三番テーブルからのご指名である。ボーイさんは驚いた様子だった。

「真里さんをご指名ですか？　それはもちろん構いませんが、お金かかりますよ？」

「阿武隈さん、本当に毎晩タダで飲み食いしてるんですね……。いいです、僕が払いますから」

「分かりました、そういうことでしたら少々お待ちください」

僕が席に戻ると、今日も綺麗に着物を着こなした真里さんがすぐにやってきた。

「どうも、ご指名ありがとうございます。真里です」

深々と頭を下げる。

一応形の上では指名ということにしたためか、いつもと違う接客モードだった。

「おおよくきた。まあこっち座れよ」

「いえ、今日は本多先生にご指名頂いたそうですから、阿武隈先生は放っておこうかと」

にっこり笑ってそんなことを言い、彼女は僕の隣に座った。

「ささ、どうぞ本多先生」

「あ、このやろ！　一応ここの席料は俺が払ってるようなもんだろ！」

「阿武隈先生も、指名料払って頂ければいつでもサービスいたしますけど」

さすがに彼女もプロである。その辺り、妥協はしないらしい。

「まあまあ。どのみちすいません、今日は仕事の話をしたいので、僕もお酒はいただけません。実は真里さんがスタンガンに詳しいと聞いたものでして」

「あら、またずいぶん物騒な話題ですね。ええ、確かに仕事柄持っていた方が安心できますから」

「それで聞きたいんですけど、スタンガンで人を気絶させることって可能なんですか？」

「無理だと思います。相手を痺《しび》れさせるのが限界ですよ」

「そうなんですか？　雷が落ちた人が気を失ったなんて話は聞きますが」

「もちろん、程度の問題はあると思います。人が死ぬぐらいの強い電気を流したら気絶ぐらいすると思いますよ？　でも護身用のスタンガンでは多分無理です。人間の筋肉は電気信号で動くって言うじゃないですか？　スタンガンは電気を流してそういう神経を一時的に混乱させるぐらいしかできないそうですよ？」

「おまえさん、海外の警察官だか警備員がテーザー銃撃ってる動画とか見たことないか？　撃たれた相手も、倒れるだけで気絶しちゃいないんだ」

「そうなんですか……」

阿武隈が言及した動画は知らないが、言われてみると納得できる話だ。人間の筋肉が電気信号で動いているというのは僕でも知ってる。電気を流されてその電気信号が狂い、一時的に動けなくなるというのは分かりやすい話ではある。

「真里、実物持ってるんだろ？　見せてもらっていいか？」

「分かったわ。それにしてもこんなお願いは初めてよ」

苦笑しつつ、真里さんは席を立った。間もなくハンドバッグを片手に戻ってくると、あまり人目に付かないようにしながら黒いスタンガンを取り出した。

「これですよ。スイッチ押せば電気流れますから、気をつけてください」

大きさは手の平に収まるぐらい。見た目はまあ想像の範囲内だ。ドラマなどでよく見かけるスタンガンとほぼ一緒で、頭の部分に電気が流れるアンテナのような端子が二つある。

「へえ、なるほど。思ったより扱いやすそうだな」

阿武隈は真里さんからスタンガンを受け取ると、珍しそうに眺めた。

「よし本多、論より証拠だ。とりあえずやってみよう。なに、これもいい経験だ」

「え？」

どういうことですか——と僕が思い至るより早く。

阿武隈が僕の脇腹にスタンガンを押し当て、スイッチを押していた。


「ぎゃあああああっ！」


僕の口からマンガのような悲鳴が出ていた。目から火が出る、なんて表現があるが、まさしくそれだった。すさまじい速さで激痛が僕の全身を走る。僕の体はまったく自由が効かなくなり、自然ソファの上に倒れ込んでしまう。座っているのがキャバクラの大きなソファでよかった。

想像していたよりはるかにすごい効果だった。スタンガンを当てられた場所から、文字通り電流が全身に走ったようだ。その感覚には少し覚えがある。肘をぶつけると電気が走ったような痛みを感じることがあるが、あれを何十倍にも増やした感じだ。また、肘をぶつけたときに腕全体が痺れるような感覚を覚えることがあるが、その痺れも数十倍にして全身に適用したような感じだ。

幸い、麻痺《まひ》は一時的だったものの、あまりの痛みに僕はしばらく動けなかった。

「やっぱり気絶しないな」

「あらあら、阿武隈先生、ひどいことを。わたしやったことないんですけど、相当痛いらしいんですよ、これ」

真里さんが僕に代わって抗議してくれる。

「本多先生、大丈夫ですか？」

「え、ええ、どうにか動けるようになってきました……。確かに、これは経験しないと分かりませんよ……」

一瞬頭が真っ白になるような感覚はあった。ただ、とても気絶するような感じではない。ところで、僕は聖人君子ではない。阿武隈ほどではないが、やられたらやり返したい気持ちはある。

「阿武隈さん、ちょっと見せてもらっていいですか？　何ボルトぐらいあるんでしょう、これ？」

「さあ？　どっか書いてるか？」

僕は性能表示を見るフリをして、できる限り自然な動作で阿武隈からスタンガンを奪い取った。

「ま、せっかくだから阿武隈さんも経験しておきましょうか」

「あ？」

その電極をスッと阿武隈の腹部に押し当て、スイッチを押す。


「ひあああっ！」


やはりマンガのような悲鳴を上げ、阿武隈はソファに崩れ落ちた。

ガクガクと生まれたばかりの子鹿のように痛みに震える阿武隈。その様が大変面白くて、僕と真里さんはひとしきり笑った。

「ち、畜生……。大人しい顔して、悪魔かおまえら！」

「後学のためですよ。いい経験になったでしょう？」

「俺までやらなくてもいいだろう。おまえさん一人が経験してりゃ済む話だ」

阿武隈はうっすらと涙すら浮かべながら僕を睨んだ。もちろん僕は涼しい顔である。

「だが、確かに経験して分かることもあるな。こいつを喰らったら気絶してもおかしくなさそうだ」

「え？　さっきと言ってること逆じゃないですか。それに僕も体験して分かりましたけど、これって痛みの方が強くて気絶どころじゃない気もしますが」

「いや、ショック死なんて言葉もあるぐらいだ。これだけ痛みがありゃ気絶したっておかしくない。世の中には注射で失神するヤツもいるぐらいだしな」

「いましたねえ、予防接種で気絶する同級生とか」

真里さんが同意する。

「それにもう一つ、おまえさんもそうだったが少しの間体が動かなくなっただろ？　立った状態でこいつを喰らえば、体が麻痺して転んで頭を打ってもおかしくない」

「あ……そうか！」

僕と阿武隈はソファに倒れ込んだので何事もなかったが、もし倒れた先が事件現場のようなコンクリートの地面だったら？　倒れた拍子に頭を打って気絶、というのは充分考えられる。しかもスタンガンのせいで体は麻痺しており、受け身もとれない。僕がソファに倒れ込んだときがそうだったように、額から地面にぶつかるといった状況も充分考えられる。その衝撃で榊原さんの記憶が飛んだ可能性だってあるかもしれない。

「でもどうしましょう？　榊原さんにスタンガンが使われたなんて立証できますか？」

「分からんが、モノは試しだ。おまえさん、ちょっと服を脱いでくれ」

「なんでですか⁉」

この人に服を脱げと言われたのは、確かこれで三度目である。

「おいおい、勘違いするなよ、必要なことだからだ。スタンガンを使った際に火傷《やけど》でもできてりゃ証拠になるかもしれないだろ？」

「ああ、そういうことですか」

確かに合理的な理由があってのことだった。とりあえず僕はワイシャツと下のシャツをめくり、先ほど阿武隈にスタンガンを使われた脇腹の辺りを見てみた。

「あらあら、ちょっと赤くなってますね。やっぱり火傷みたいな感じでしょうか」

真里さんにしげしげと見られる。少し恥ずかしい。

「まずいな。思ったより小さな火傷だ。これじゃ榊原にスタンガンが使われたとしても、火傷の痕なんてとっくに治っちまってるぞ」

「あり得ますね……。そうだ、そもそも根本的な問題がもう一つあります。警察の証拠リストに、スタンガンなんてありませんでしたよ？」

「ほう。ま、説明は付くさ。スタンガンなんて珍しいものが落ちてたとしたら、警察が捜査する前に誰かが持っていってもおかしくないだろ？」

「それはそうですが……。でも、そんなこと立証できるでしょうか？」

「なに、可能性の問題さ。差し当たって、一ノ瀬がスタンガンを買っていたことを証明できればいい。それが事件直前とかだったらなおいいんだが」

「あ、なるほど。でもどうやって？　スタンガンを買ったレシートなんて証拠リストにもありませんでしたし」

「それなら、クレジットカードの購入履歴とか調べたらいいんじゃないでしょうか」

と、真里さんが言った。

「わたしがコレ買ったときもそうだったんですよ。スタンガンなんてどこで売ってるか分からなかったので、結局ネット経由だったんですよね。それに未成年にスタンガン売るのは禁止だとかで、店頭で買うときは身分証かなにか提出する必要があるそうです。その点、ネットだったらクレジットカードでパスできますから」

「あり得るな。テープやらロープはどこででも買えるだろうが、わざわざ身分証見せてスタンガンは買わないだろうし。本多、調べろ。弁護士会に頼め、弁護士法二三条の二だ」

「分かりました、すぐにでも」

ネットの購入履歴は個人情報の類だが、弁護士法二三条の二は法令に基づく例外に当たる。調べることは難しくないだろう。

「でも妙じゃないですか？　購入履歴ぐらい警察も調べてると思いますが」

「ああ、調べてるだろうよ。ひょっとしたらスタンガンを買ったことも分かってるかもしれん。だがあいつらときたら、自分たちが不利になる証拠を意図的に隠すなんて日常茶飯事だからな」

「え。でもそれ、違法じゃありません？」

「『リストに記載し忘れてました、わざとじゃありません』とかいくらでも適当な理由はあるんだよ。だからクレジットカードの購入履歴ぐらいなら、いちいちあいつらに請求するより弁護士会経由で調べた方がいい。こっちがなにを調べてるのか悟られるのも面白くないしな」

「よく分かりました」

いずれにしろ、こっちで独自に調べておくに越したことはないということだ。

結果的に、阿武隈の予想通りだった。

まず、榊原さんの傷。スタンガンを使用されたのなら、体のどこかに傷が残ってるかもしれない。それを写真に撮っておけば、裁判での証拠になり得る。

だけど、事件からかなりの日数が経過したせいだろう、もう治ってしまったようで、榊原さんの体に火傷のような傷はなかった。

ただ、朗報はあった。弁護士会経由で調べたところ、一ノ瀬が事件直前にオンラインショップでスタンガンを購入していた事実を突き止めることに成功したのだ。

けれど、これはこれで謎を呼ぶ。スタンガンは一体どこへ行ったのか？　警察もスタンガンの購入履歴のことは知ってるはずだし、彼らは現場の捜査を徹底的に行う。本当にスタンガンが落ちていたとすれば、見落とすとは考えにくい。となると、一ノ瀬はスタンガンを購入したが使わなかった、あるいはスタンガンを使った後、阿武隈が言ったように誰かがそれを持ち去ったということになる。

念のため、僕も個人的に現場を捜索したりもしたが、やはりスタンガンの痕跡は影も形もなかった。

第四章　阿武隈対朱鷺川

1

僕たちは、榊原《さかきばら》さんの刑事裁判一日目を迎えようとしていた。

例によって――と言うべきなのか、僕は朝っぱらから阿武隈《あぶくま》の家に押しかけ、エプロンまで付けて朝飯を作っていた。

なぜこんなことをやっているのか、自分でも疑問がないわけでもない。ただ、様々な事情を考慮すると、こうするのが一番合理的だったのだ。

「阿武隈さん、ご飯できましたよ」

「ん……」

ベッドで眠りこけている悪魔の弁護人を叩《たた》き起《お》こすと、無理矢理《むりやり》着替えさせ、病人を介抱するようにどうにかテーブルに着かせる。

朝食のメニューは、炊きたてのご飯に肉団子と野菜のスープ。それからヨーグルトとバナナにコンビニで買ってきた挽《ひ》き立《た》てコーヒー。

魚を焼いてやろうとしたら「朝は汁物がいい。でも味噌汁《みそしる》は夜がいい。あと肉が食いたい。でも朝からしつこいものは嫌だ」という注文につぐ注文があった結果である。

阿武隈は僕がテーブルに食事を並べていくそばから、「いただきます」もなしに食べ始めた。味の感想もない。ただ文句を言わないということは、それなりに満足はしてるのだろう。

僕も簡単に片付けを済ませ、阿武隈の前に座って食事を始める。

「じゃあ、今日の裁判の予定ぐらい話しておきましょうか」

打ち合わせにはちょうどいいタイミングではある。というか、それぐらいやっておかないと本当に朝食を作りにきただけになってしまう。

「どうせ今日は検察の証人喚問だろ？」

阿武隈は眠そうな顔のまま、覇気のない声で言った。

「事件の通報者、捜査したサツども、司法解剖した医者ってとこだろ。そんなのこっちがやるべきパターンは決まってる」

「まあ、そうかもしれませんね」

一つの事件には、それを構成する流れというものがある。事件が発覚し、警察に通報があり、捜査が始まって、やがて逮捕に至《いた》る——といったものだ。結果的に、刑事裁判がある程度決まった順序で行われることは避《さ》けられない。

「じゃあ本多《ほんだ》。この裁判はどこを追及すればいいか分かってるな？」

問われるまでもない、今回やるべきことは明白だ。

「スタンガンでしょう。榊原さんが事件当時、スタンガンで気絶していたと立証できれば、殺人なんて不可能ですから無罪にならざるを得ません。それにもう一つ思ったんですが、もしストーカーの一ノ瀬《いちのせ》がスタンガンを持っていたことが分かれば、榊原さんも包丁で応戦せざるを得なかったと裁判員たちに理解してもらえるんじゃないでしょうか。正当防衛は無理でしょうけど」

「おいおい、正当防衛にせよ過剰防衛にせよ、殺人そのものは認めるってことだぜ？」

「ええ、ですが手立ては多い方がいいでしょう。可能性を考えれば、今後榊原さんが罪を認めるという展開もあり得るわけですから」

「おやおや。おまえさん、榊原のことは信じてるんじゃないのか？　それともようやく人を疑うクセを付けたのか？」

「違います。榊原さんを信じることと、あらゆる可能性を考慮することは別でしょう。榊原さんは気を失ってました。でもそれは、殺した可能性を否定できないということでもあります。残念ながら」

阿武隈はまたニヤリと笑った。

「〝いいね〟をやろう。そうだ、弁護は臨機応変にやらなくちゃな」

僕も多少、阿武隈に毒されたことは否定できない。ただし、僕の考え方と阿武隈のそれとは違うと思う。

阿武隈が言うように、人はいつだってウソをつく。ただし、それは必ずしも悪意や自分の利益に基づくウソではない。伯父《おじ》さんがそうであったように、誰かを庇《かば》うためにウソをつくことだってあり得るのだ。僕は依頼人を信じているがゆえに、あらゆる手立てを考えておくべきなのだ。

「ただ、俺も少し考えたんだがな。俺たちがどう出るにしても、スタンガンのことを持ち出すのは少し待った方がいい。最低でも検察の出方を見届けるまではな」

「なぜですか？　阿武隈さんのことだから当然考えがあってのことなんでしょうが」

「ああ。一ノ瀬がスタンガンを買ったことは証明できる。だが結局、事件現場からスタンガンは出てこなかったし、使用されたと立証することもできん。この状態で『被告人はスタンガンを使われ意識を失ってました』なんて主張しても荒唐無稽だ。裁判員が納得してくれるとは思えん」

「……そう言われると、僕も反論できません」

「それともう一つ。おまえさん、気付いてるか？　仮に被告人がスタンガンで気絶してたってことはな。被害者を殺した犯人が別にいるってことだ」

「ええ、それはまあ」

気付かないわけがない。伯父さんも榊原さんも犯人じゃないとすれば、当然真犯人がいることになる。

「つまり現場からスタンガンを持ち去り、殺人の濡《ぬ》れ衣《ぎぬ》を榊原さんに着せた人物こそ真犯人ってことですよね？」

「あるいは一人じゃないかもしれんがな。殺人の真犯人とは別に、スタンガンを持っていったヤツがいてもおかしくない。事件現場は人混みでごった返してたからな、スタンガンなんて珍しいものを見つけたヤツがひょいっと持っていったのかもしれん」

「確かに、あり得ない話じゃないですね……」

道端に落ちているものを拾って自分のものにしてしまうことは、もちろん犯罪だ。だけど、道端に珍しいものが落ちているのを発見したら、物珍しさに拾ってしまう人は皆無ではないだろう。魔が差すなんて言葉もある。この際、悪意の有無は関係ない。

「でも、裁判に関係ない人が持っていったのだとしたら、僕たちも探しようがないですよ？」

「探しようはないな。だがやりようはある」

阿武隈は、また不適なニヤリとした笑みを浮かべた。

「ただ、今回の事件はまず酒井《さかい》が自首したりとややこしい側面もある。まず検察の提出する証人ぐらいはすべて把握してから動いた方がいいだろう。裁判員にもその方が分かりやすいだろうし」

「つまり、いつものように積極的に反対尋問はしないってことですか？」

「そうだな。最終的には向こうの証人を片っ端から真犯人扱いするだろうが。そうすりゃたとえ真犯人が分からなくても無罪判決は勝ち取れるだろ」

そんな展開になれば、さぞ裁判員も退屈しないことだろう。

「どうでもいいですけど、阿武隈さんと話をしていると、真実と裁判員の判断、どっちが重要なのか分からなくなってきますよ……」

「そりゃおまえさん、状況によるさ。優先されるのはいつだって真実だが、人は神さまじゃないんだ、真実なんて分からんことの方が多い。だから法治国家じゃ裁判で認定されたことが事実になる。結果的に真実より裁判員が重要になることは珍しくないさ」

「はあ、それはそうですが……」

そもそも、冷静に考えると阿武隈の裁判で、裁判員の判決まで行った例《ためし》がない、今更考えるまでもないことだけど、阿武隈が弁護する裁判はやはりどこかおかしいのだ。

2

「裁判長の入廷です。全員ご起立をお願いします」

書記官の号令が法廷に響き渡り、僕たちは一斉に立ち上がった。

今日も傍聴席《ぼうちょうせき》は満員だった。例によって弁護人が阿武隈という要素が大きいのかもしれない。また誰も予想だにしない主張をぶちあげ、無罪を勝ち取るのではないか。正直なところ、僕だって期待していないわけではないのだ。

間もなく三人の裁判官と六人の裁判員が入廷し、静かに席に着いた。

「皆さんもご着席ください。これより裁判を始めます」

こうして、僕にとっては四度目の刑事裁判が始まった。

冒頭の手続きはいつも通りだ。まず榊原さんが被告人として証言台へ呼ばれる。裁判長から人定質問が行われ、型通り自己紹介をして終わる。

「朱鷺川《ときがわ》検事、起訴状の朗読をお願いします」

「分かりました」

続いて出番となったのは、今回の僕たちの敵役・朱鷺川検事だった。隣には井上《いのうえ》検事も控えている。

朱鷺川検事は、その体格によく似合う大きな声で起訴状の朗読を始めた。

「公訴事実。第一、被告人は平成二八年六月三〇日午後七時ごろ、被害者である一ノ瀬努《つとむ》の頸部《けいぶ》を所持していた包丁で刺し、殺害したものである。第二、被告人は平成二八年六月三〇日午後七時ごろ、刃渡り二〇センチメートルの包丁を不当に所持したものである。罪名および罰条。第一、殺人、刑法第一九九条。第二、銃砲刀剣類所持等取締法第二二条。以上です」

本当に検察は、過剰防衛ではなく殺人で裁判をやり抜くつもりなのだ。すべての元凶が一ノ瀬のストーカー行為にあったにもかかわらず。

それにしても朱鷺川検事とは公判前整理手続などを通して何度も接しているが、本当に体格通り悠然とした人だ。それでいて、あんな堅苦しい起訴状を一度も噛《か》まずに読み上げた。まさに被告人の罪を断罪するために生まれてきたかのようでもある。

続いて裁判長による黙秘権の告知が行われた。

「榊原被告人。あなたには黙秘する権利があります。またあなたの発言は、常にあなたを不利にする可能性があることを充分理解しておいてください」

「はい、分かりました」

榊原さんは重々しく頷《うなず》いた。

「今あなたにはこの裁判について意見を陳述《ちんじゅつ》する権利があります。なにか主張しておきたいことはありますか？」

罪状認否に移る。ここでこの裁判における争点を、こちら側から主張することができる。

「わたしは無実です」

緊張のこもった声であったが、一字一句丁寧に彼女は言った。

「事件があったとき、料理教室に通うため、包丁を持っていたことは事実です。ストーカー行為を受けていた一ノ瀬さんに待ち伏せされ、身の危険を感じてやむを得ず持っていた包丁を振り回したのも事実です。ですが、それは他に身を守る手立てがなかったために行った防衛行為です。それに、わたしは包丁を振り回しただけです。一ノ瀬さんを殺害したことはもちろん、傷つけたこともありません」

法廷は早速どよめいた。榊原さんがすべての容疑について無罪を主張したからだ。

今回の事件では、世論はどちらかというと榊原さんに同情的だった。被害者がストーカーだったというところが大きい。料理教室に通うため、たまたま持っていた包丁でストーカーを刺したのだとしても、それは仕方のない部分もあるのでは――。そう語っていたコメンテーターもいる。

しかし、榊原さんは殺人そのものについても無罪を主張した。これは裁判員や傍聴人たちにもかなり意外だったのだろう。

もっとも、驚かない人物もいる。公判前整理手続で被告側がどういう主張をするか分かっていた人物、つまり朱鷺川検事とそして裁判長だ。

「では続いて、検察側による冒頭陳述に移ります。これはなぜ検察が刑事事件として被告人を訴えたのか、その争点を明らかにしてもらうものです。それでは朱鷺川検事、お願いします」

「はい」

朱鷺川検事はなにも持たないまま立ち上がった。

「裁判員のみなさん。被害者の一ノ瀬さんは、榊原被告にストーカー行為を行っていました。これは非難されるべき行為であることは疑いなく、また榊原被告は警察に助けを求めてもいました。そういった経緯があるため、弁護人はこの裁判でこう主張するかもしれません。もし警察が適切な捜査を行っていれば、この事件は起こらなかったと。ですが違うのです。警察は人を拘束する権利を持った特別な組織であり、だからこそルールの厳守が求められます。今回、ストーカー被害の申告を受けた板橋《いたばし》警察署の署員は、最大限ルールを遵守した適切な行動を行っていました。もちろん結果的に、一ノ瀬さんは警察の警告を無視して被告人にストーカー行為を繰り返したことは事実であり、皆さんが警察を非難したくなる気持ちはよく分かります。ですが実はこのとき、被告人からある情報の提供がなされなかったために、警察は動くことができなかったのです。被告人がその情報を提供してさえいれば、警察は事件が起こる前に一ノ瀬さんを拘束できたのです。このことをまずご記憶ください」

やはり脅迫状のことを念頭に置いた陳述をしてきた。警察を守ると同時に被告人を非難できる格好の材料だ、当然だろう。

「また、ストーカー行為を受けていたからといって、相手を殺していいことにはなりません。正当な理由なく包丁を持ち歩くことも違法です。被告側は『料理教室に通うために包丁を持ち歩いていた』と主張するでしょう。ですが我々の捜査によれば、被告人は料理教室に通うためではなく、被害者を刺すために包丁を持ち歩いていたことが分かっています。被告人は正当防衛などではなく、殺意を持って被害者を刺し殺したのであり、だからこそ我々検察は被告人を殺人罪で起訴したのです。ストーカー行為を受けていた被告人には同情すべき点もあるでしょう。ですが我々は感情ではなく、法律的な観点から被告人を裁かねばなりません。そして法に照らせば、間違いなく被告人は殺人と銃刀法、この二つにおいて有罪となるのです。裁判員の皆さん、どうか冷静に審理の内容に耳を傾け、法にのっとった判断をお願いします。以上です」

よくこれだけ長い台詞《せりふ》を、カンペもなしにできるものだ。だけど、こと演説なら阿武隈も負けていない。

「では続いて被告側、どうぞ」

「はい」

裁判長の言葉に、阿武隈は立ち上がった。

「我々は正当防衛による無罪を主張します」

まず最初にそう言い放つ。しかし、

「……と、誰もが思っているかもしれませんが残念、違います。我々は今回の事件において、被告人の完全な無罪を主張します。そうです、被告人はそもそも殺人という行為そのものを行っていません。真犯人は別にいるのです」

法廷はどよめいた。阿武隈らしい掴《つか》み方である。

「みなさん、被告人は献身的な看護師であったことをまずご記憶ください。しかしその献身的な態度を誤解されたがゆえに、被害者の一ノ瀬さんからストーカー行為を受け、警察に助けを求めました。ですが警察は、結果的にストーカー行為を阻止することができませんでした。そのせいで身の危険を感じた被告が、正当防衛のために被害者を殺害した——などと主張するつもりは毛頭ありません。繰り返しますが、被告人は今回の事件では誰も殺害していないのです。このことをよく覚えておいてください。被害者を刺した人物は、他にいるのです」

演説という点では、阿武隈も朱鷺川にはまったく劣らない。本当に耳に心地良いぐらい抑揚のある陳述だった。

「本来、人が人を裁くというのは大変難しいことです。そこで厳密なルールが定められました。刑事裁判において検察は、『合理的な疑いを超えて犯罪を立証』する義務を負うということです。もう少し分かりやすく言うなら、もし被告人が被害者を殺害したという検察の立証に疑問の余地が生じたら、被告人は無罪としなければならないということです。たとえば第三者による犯行の可能性が示されれば、被告人は無罪にならなければなりません。その際、真犯人が誰であるかは関係ありません。さらにもう一つ、事件発生当時、被告人は被害者に襲われ意識を失っていたことを示す用意が我々にはあります。意識を失っていた被告人に、殺人は不可能です。何度でも言います、合理的な疑いを差し挟む余地があれば、被告人は無罪なんです。これから始まる裁判において、どうか私の言葉を忘れないでください」

普段のぐうたらぶりとは正反対の見事な演説である。しかも、阿武隈もカンペは持っていないどころか、この陳述を練習しているところすら見たことがない。

つまり、阿武隈はこれだけの弁論をアドリブでやっているらしいのだ。冒頭陳述というものにはある程度のフォーマットがあり、阿武隈ほど経験があればアドリブでやることも不可能ではないのかもしれないが、つくづく底知れぬ人だ。

「ではこれより証拠調べに移ります。朱鷺川検事、お願いします」

「分かりました。では最初の証人として、事件現場に最初に駆けつけた鈴木《すずき》さんを喚問いたします」

◆

最初に証言台に立ったのは、女性だった。榊原さんの同僚の看護師であることは僕たちも知っている。

年齢は榊原さんの少し上ぐらいと聞いているが、さらにもう少し上に見える。少し疲れた顔をしているからかもしれない。看護師というのは激務と聞くし、無理からぬことなのかもしれない。

「鈴木三奈《みな》と言います。職業は看護師をしています」

朱鷺川検事はまず証人の名前と職業を聞き終えると、次に宣誓を行わせた。「良心にもとづき、嘘《うそ》偽りなく真実のみを証言することを誓います」と書かれた紙を読み上げさせるのだ。

型通りの儀式が終わると、ようやく本格的な尋問に入る。

「あなたは以前から榊原被告のことをよくご存じでしたか？」

「はい。同じ病院に勤めていた看護師ですから」

「事件があった六月三〇日の午後七時ごろ、あなたはどこにいましたか？」

「病院での勤務を終え、池袋《いけぶくろ》駅に行く途中でした」

「あなたは普段、どのようなルートで病院から駅へ向かっていますか？」

「普段でしたら一度大通りに出てから駅へ行きます。ただ、病院から駅へ行くにはもう一つ近道がありまして、あのときはその道から帰ろうとしてました。とにかく疲れていた日だったので」

「どんな道ですか？」

「大通りから一本裏に入った道です。ビルで囲まれている上に店もないので、夜はかなり不気味な感じになるんです。普段なら夜は通りたくないんですが、疲れてる日はよく通ります」

「では事件があった六月三〇日にその道を通りがかったとき、なにがありましたか？」

「まず、悲鳴を聞きました。誰か、助けて、という甲高い女性の悲鳴でした」

「悲鳴に聞き覚えはありましたか？」

「異議あり。誘導的、かつ事実ではなく憶測を求める質問です」

阿武隈が座ったまま声を上げた。

確かにその通りだ。『聞き覚えがあるか』なんて質問で出てくるのは主観のみ。事実はどこにもない。

「認めます。朱鷺川検事、質問を変えてください」

「分かりました」

朱鷺川検事は煩わしそうに僕たちを睨《にら》んだ。

現場に榊原さんがいたことは、今回僕たちも否定するつもりはない。だから阿武隈の今の異議は、決してそう意味があるわけではない。

　でも、阿武隈の意図は分かる。検察へのメッセージだ。少しでもルールを破れば即座に抗議するぞと。まあルールを破るのは大体いつも阿武隈の方だと思うけど。

「では次の質問です。あなたは悲鳴を聞いた。それからどうしました？」

「怖くてすぐには動けなくて……。代わりに、周囲に誰かいないか見回しました」

「でも、誰もいなかったわけですね？」

「ええ、人通りの少ない裏通りでしたから。でも聞こえてきた声は助けを求めてましたし、様子だけでも見てみよう、わたしが行くしかないと思って、おっかなびっくり悲鳴が聞こえた方へ近づいてみました」

「なにを見ましたか？」

「ええと、倒れている男性と女性が一人ずつ、それから傍《そば》にもう一人初老の男性が呆然《ぼうぜん》とした様子で立っていました。血まみれの包丁を片手に」

「倒れていた二人は、どのような状態でしたか？」

「男性は大の字……と言うほどではないですけど、力なく仰向《あおむ》けの形で倒れていました。女性の方はその一メートルぐらい離れたところに、うつぶせで倒れていました」

「倒れている二人の男女を見て、なにか気付きましたか？」

「女性の方は、見たところ異常はないように見えましたが、男性の方は首からかなりの出血をしていることが分かりました」

「では、その場に呆然と立っていたという初老の男性の様子はどうでしたか？」

「わたしのことに気付いている様子はなく、右手に包丁を持ったまま、どこかへ電話していました」

「それから、あなたはどうしましたか？」

「もう混乱してしまいました。怖かったんです。看護師として、倒れてる人を助けるべきだとは思いました。首から大量の出血をしているのは分かりましたから、すぐさま止血するべきだと。でも、ひょっとしたら包丁を持った人に殺されてしまうんじゃないかと思って。結局混乱してしまって……腰を抜かして悲鳴を上げることしかできませんでした」

「どのような悲鳴を上げたんですか？」

「あんまりよく覚えていないんです。ただ夢中になって、誰か来てとか救急車か警察呼んでとか、そんなことをひたすら喚《わめ》いていたと思います」

「主尋問は以上です。反対尋問を」

朱鷺川検事はそう言って引き下がった。

「一分お待ちください」

阿武隈はそう答えると、僕に顔を寄せた。

「ホント面白みがねえよな、検察の証人は」

僕にだけ聞こえる声で、阿武隈が呟《つぶや》いた。

「あいつら証言の練習させ過ぎなんだよ。証人全員をニュースのナレーターにでもするつもりか」

　気持ちは分からなくもない。この証人は、殺人事件の現場を見て悲鳴を上げたという。検察側証人として淡々としゃべってはいるが、本来はもっと感情豊かなしゃべり方をする人なのだと思う。

「言いたいことを要約してる以上、しょうがないんですよ。それよりまさかそんな話をするために一分待ってもらってるんですか？」

「いや、なんかあの証人ってプレッシャーに弱そうだろ？　こうやってヒソヒソ話するだけで動揺させられるんじゃないかと思ったのさ」

　確かに僕たちがこうして話をしているだけで、証言台の彼女は非常に困惑してるように見える。

「なら効果はもう充分でしょう。これ以上やると苛めてるみたいに見えますし、そろそろ反対尋問されてはどうですか？」

「珍しくおまえさんに納得させられたぞ」

　阿武隈は本当に珍しく納得したような顔をすると、立ち上がった。

「それではいくつか状況確認のため反対尋問を。鈴木さんと仰《おっしゃ》いましたね？　お話を聞いている限り、あなたは現場のことを詳細に思い出せるわけではないんでしょうね？」

「そうですね。わたしは現場でへたりこんで叫ぶことしかできませんでした」

「あなたが現場で見たのは被告人と被害者、それから包丁を持っていた初老の男性。この三人で間違いありませんね?」

「ええ」

「ですがあなたはそのときひどく動揺していた。たとえばこっそり現場から立ち去った誰かがいたとしても、気がつかなかったんでしょうね?」

「異議あり!」

朱鷺川検事は大きな声で叫んだ。

「誤導的かつ、意見を求め、また議論に亘《わた》る尋問です」

「認めます。弁護人は質問を変えてください」

「分かりました」

阿武隈は肩をすくめて引き下がった。

「あなたは殺人事件の現場を目撃し、ひどく動揺していた。それは事実ですね?」

「異議あり! 既にした尋問と重複する尋問です」

間髪入れない異議である。朱鷺川もまた遠慮《えんりょ》は一切しない検事らしい。

「では質問を変えましょう。現場は裏道であり、薄暗かった。そうですね?」

「ええ、そうです」

「あなたは現場に到着後、ナイフを持った初老の男性を見て自分も殺されるのではと動揺して座り込んでしまった。その間、周囲を詳細に観察する余裕なんてなかったわけですよね?」

「異議あり！　誤導的な尋問です！」

「裁判長、事件現場に到着したとき、この証人がどのような心理状況にあったかを我々は知っておくべきです」

「異議は却下します。質問に答えてください」

「あ、はい。そうだったと思います。悲鳴を上げる以外のことはなにもできませんでした」

「つまり、現場からこっそり他の誰かが立ち去っていたとしても、とても気付く余裕はなかったということですね？」

「異議あり！　誤導的！」

「結構、ただいまの質問は取り下げます」

朱鷺川と阿武隈の間で激しい火花が散っていた。

僕たちは真犯人がいるという仮定で動いている。現場に他の誰かがいた可能性があったことを示すのは当然だ。朱鷺川もそれが分かっているからこそ、徹底的に異議を申し立てているのだろう。

「裁判長、反対尋問はここで一時中断させてください。検察は事件の目撃者および通報者として、三人の証人を喚問すると聞いています。我々がこの証人に反対尋問をする権利は、他の二人の尋問が出揃《でそろ》うまで保留とさせていただくのが公平かと」

裁判長の視線は朱鷺川検事に向けられた。朱鷺川検事は「お好きなように」と言いたげに、鷹揚《おうよう》に肩をすくめる。

「よろしい、では次の証人を」

「はい。次の証人は、渡邊《わたなべ》さんです」

◆

証言台に立ったのは、四〇代、五〇代ぐらいのどことなく威厳を感じさせる男性だ。その素性を僕は知っている。本名を渡邊清《きよし》と言って、池袋中央病院の外科部長を務めている。すなわち殺害されたストーカー、一ノ瀬の伯父だ。

朱鷺川検事はまずそういった素性について証言させてから、質問に移った。

「渡邊さん。あなたは六月三〇日の午後七時ごろ、どこでなにをしていましたか？」

「病院での勤務を終え、帰るところでした」

「先ほどの証人である鈴木さんが証言した、病院から駅へ一番近いルートでしたか？」

「いいえ。電気店に寄りたかったので、大通りから帰ろうとしていました」

「その途中で、あなたはある人物を見かけましたね？」

「ええ。甥《おい》の一ノ瀬努を見かけたような気がしたんです」

「気がしたとは、つまり確証はなかったんですね？」

「ええ、あの時間帯の池袋はかなり人がいますから。ですが、もし甥がいるとしたらまずいことになると思いました。甥は、私が勤務している病院の看護師に、ストーカー行為をしていたからです」

法廷は少しざわめいた。被害者のストーカー行為のことはすでにみんな知っているだろうが、その伯父が言及するとは思わなかったのだろう。

「その看護師というのは、榊原被告のことですね？」

「そうです」

「それからあなたはどうしましたか？」

「追いかけようと思いました。私の見間違いだったらいいんですが、病院はすぐ近くです。甥がまたストーカー行為に及ぼうとしているのではないかと思いまして」

「一ノ瀬さんは見つかりましたか？」

「いえ、すぐに見失いました。人通りも多かったですし、もう夜でしたから。ただ、ひょっとしたら裏通りに入ったのではと思い、私も少し裏の方に入ってみたんです」

「続けてください、そのときなにが起こりましたか？」

「甲高い女性の悲鳴を聞きました。誰か来て、救急車を呼んで、といった内容でした」

「先ほどの証人である鈴木さんのことはご存じですか？」

「ええ、あまり接したことはありませんが、同じ病院に勤めているので顔と名前は知ってました」

「その悲鳴は、彼女の声に似ていましたか？」

「いいえ、それはちょっと分かりません。かなり混乱した声でしたし、ビルに反響して……

なんていうか、くぐもった感じでしたから」

「あなたはどうしましたか？」

「少し戸惑いましたが、救急車が必要な事態なら医者として手助けできるかと思い、声のした方へ向かいました」

「現場はすぐに分かりましたか？」

「いえ、すぐには。ですが悲鳴はずっと聞こえてましたから、そう迷いませんでした」

「では現場に駆けつけたとき、あなたがなにを見たのか詳しく証言をお願いします」

「倒れている男性と女性、それからへたり込んで悲鳴を上げている鈴木さんの姿と、血まみれの包丁を持ったまま電話している初老の男性です」

「それからあなたはどうしました？」

「包丁を持っている男性が気になりましたが、まず医者として倒れている男性と女性の様子を見ました。すると二人とも知っている人物だということが分かりました。女性の方は同じ病院に勤めている榊原さんであり、男性の方は……私が探していた甥でした」

「つまり、この事件の被害者である一ノ瀬努さんのことですね？」

「ええ、そうです」

「それからどうしました？」

「女性の方は見たところ特に外傷はなかったのですが、甥の方は首から大量に出血していることが分かったので、慌てて止血を試みようとしました」

「どのような手段で止血を？」

「病院であればいくらでも手段はあったのですが、そのときは帰宅途中で使えそうな医療道具を持っていませんでした。そこでやむを得ず持っていたハンカチで傷口を押さえるという圧迫による止血を試みました」

「止血はうまくいきましたか？」

「手遅れでした。首の傷はかなり深く、出血量から見て頸動脈《けいどうみゃく》を損傷していることが分かりました。意識もすでに失われており、とても圧迫による止血では間に合いませんでした。間もなくやってきた救急車に乗って病院まで行きましたが、到着した頃にはすでに心肺停止の状態でした」

「ありがとうございます、質問は以上です」

「反対尋問をどうぞ」

「一分お待ちください」

さっきと同じことを言い、阿武隈は僕に顔を寄せた。

「なあ、よく考えたら、こいつ真犯人じゃね？」

この人の手にかかれば、関係者は大体犯人にされる。

「理由をお願いできますか？」

「だってよ、こいつ事件の関係者じゃないか。ストーカーの親戚だろ？　そんなヤツが偶然登場するなんておかしいだろ。真犯人だったたって筋書きだよきっと」

微妙に頷けそうなのが困る。

「でもテレビドラマじゃないんですから。そもそも甥御《おいご》さんを殺す動機は？」

「うーん、それだな。外科部長の甥っ子《おいっこ》がストーカーってんじゃ立場がないだろ。だからその甥を殺して罪を榊原に着せたってのはどうだ？」

「僕が言うのもなんですけど、ちょっと強引じゃありませんか？」

「だよな……。もう少しなにか要るか……」

ぶつくさ言いながら阿武隈は立ち上がり、反対尋問を開始した。

「ではいくつか確認させていただきましょう。まず、榊原被告は看護師であり、あなたと同じ病院に勤めていたことは当然ご存じですね？」

「はい、もちろんです」

「あなたが現場に駆けつけたとき、現場には被告人と被害者という二人が倒れていました。ですがあなたが駆け寄ったのは甥御さんの方だったと仰いましたね？」

「ええ」

「それは、やはり同僚とはいえ他人である榊原被告より、甥の一ノ瀬さんの方が大事だったからですか？」

「いいえ、違います。倒れている二人の様子を見て、どちらがより危険な状況にあるかを判断した結果です。甥は首から大量出血していました。すぐさま治療が必要なことは明らかでした」

「あなたは榊原被告が一ノ瀬さんからストーカー行為を受けていたことはご存じだったんですよね？」

「はい」

「あなたにとって一ノ瀬さんはどんな存在でしたか？　あなたの親族が、あなたの勤め先の看護師にストーカー行為をしていたという事実は、あなたにとって不都合だったのではありませんか？」

「異議あり！　意見を求める質問であり、また本件とは関連性のない質問です！」

「そんなことはありません」阿武隈も即座に言い返す。「この証人がなんらかの偏見に基づいて証言していないか、被告側には調べる権利があるはずです」

「検察側の異議は却下します」

阿武隈が満面の笑みを浮かべる。朱鷺川検事に見せつけるためだけの笑みだろう。ただ朱鷺川検事も、一切気にしていないと言いたげに表情一つ変えなかったけど。

「ではどうぞお答えください。あなたはストーカー行為を行った甥御さんに、どのような感情を抱いていましたか？」

「甥はすでに成人した男性です。正直に言って、分別を持って欲しいという意味では憤慨しています。ですが、だからといって死んで欲しいなんて思いませんでした。当然、甥を殺した被告人には恨みもあります」

「その言葉が聞きたかったんですよ」

阿武隈はニヤリと笑った。

こういうとき、阿武隈との差を感じる。今の回答がそれほど有利なものかは僕には分からないからだ。

「冒頭陳述で私はこう述べました。事件発生当時、被告人は意識を失っていて犯行は不可能であったと。あなたが鈴木さんの悲鳴を聞いて事件現場に駆けつけたとき、そこには榊原被告と被害者が倒れていました。あなたは被害者の出血を止めようと四苦八苦された一方、倒れていた榊原被告にはなにもしなかったわけですよね?」

「いえ、なにもしないわけではなく、その場での判断で首から出血している患者を優先しただけです」

「ではあなたが放置していた榊原被告は、そのとき気を失っていましたか?」

「……ぐったりと倒れていたことは確かです」

「気を失っていたと証言してくれませんか? 医師であるあなたがそう証言してくれれば、直ちに被告人は無罪になりますんで」

法廷はわずかにざわめいた。

「い、いえ、それはできません。詳しく調べたわけではありませんから」

「ですよねぇ。そこで先ほどの証言を思い出して欲しいんです。あなたはこう仰った、甥御さんを殺害した被告人には恨みもあると。あなたはひょっとして被告人が現場で気絶していたと知っているのでありませんか? ですが甥御さんを殺害された恨みを晴らしたい

でいる。

法廷に段々とどよめきが広まっていく。さすがの論法に、朱鷺川検事も咄嗟《とっさ》に動けないがために、あえて黙っているのでは？」

「ち、違います。怪我《けが》の大小から甥を優先したのは事実ですが、被告人が気絶していたかどうかなんて知りません」

阿武隈は再びニヤリと笑った。

「裁判員のみなさん、今の証言を忘れないでください。この医師である証人は、事件発生直後に被告人が気絶していたという可能性を否定しなかったということを。そしてこの証人は、未《いま》だ判決も出ていない被告人に恨みを抱いていると。反対尋問は今のところ以上です」

さすが阿武隈だった。

渡邊というこの証人は、被害者の伯父ではあるが、たまたま現場に駆けつけた医者に過ぎない。だけど医者という身分にあり、被告人に恨みを持っていると零《こぼ》したことを利用して、事件発生直後に被告人が気絶していた可能性を示すことに成功したのだ。

法廷は不気味な沈黙に包まれ、証言台の渡邊はまずいことを言ったことが分かっているのか、非常に悔しそうな顔をしている。朱鷺川検事だけはいつも通りだが、それも強がりかもしれない。

「朱鷺川検事、次の証人を」

「はい。では、事件を通報した三井《みつい》さんを」

◆

三人目の証人は病院関係者ではなく、普通のサラリーマンのようだった。きちっとスーツを着こなし、ごく自然な動作で証言台に立つ。

「良心に基づき、嘘偽りなく真実のみを証言することを誓います」

宣誓のセリフもまた、非常に自然だった。

三井はまず自身がサラリーマンであり、事件のあった日、仕事の都合で近くの喫茶店に来ていたことを証言した。

「では六月三〇日の午後七時ごろ、あなたはなにをしていましたか？」

「喫茶店を出て池袋の大通りを歩いていました。ですがそのとき裏道の方から悲鳴が聞こえてきたんです。誰か来て、と助けを呼ぶ声でした」

「あなたはどうしましたか？」

「なにかあったのかと、いつでも通報できるよう携帯を片手に声のした方へ近づきました」

「あなた以外にもその悲鳴に気付いた人はいましたか？」

「ええ、何人かは気付いたと思います。なにせ聞こえにくい声でしたが、大通りだったので人はたくさんいましたから」

「あなたは事件現場へと向かったそうですね？　現場はすぐ見つかりました？」

「いえ、すぐには。ただ、悲鳴はずっと聞こえてましたから見つけるのはそう難しくありませんでした」

「現場でなにを見ましたか？」

「それがややこしいのですが……私が駆けつけたとき、現場には男性が三人と女性が二人いました。まず男性の一人が首から血を流して倒れており、別の男性がその首元を押さえているのが見えました」

「首元を押さえていたというのは、先ほどの証人の渡邊さんでしたか？」

「その通りです。首を絞めているとかではなく、あふれ出る血液を抑えようとしていることはすぐ分かりました」

「では女性の方はどうなっていましたか？」

「一人は意識を失っているのかバッタリと倒れており、もう一人はへたりこんで混乱したように助けを求めていました」

「へたりこんで助けを求めていた女性というのは、どなたか分かりましたか？」

「ええ。先ほど証言した鈴木さんです」

「それからあなたはどうしましたか？」

「警察に通報しました。救急車が必要だとも伝えました。血を流している男性の方は医者だと名乗る人が看《み》ていたので、私は倒れている女性の様子をうかがいました」

「女性の様子はどうでしたか？」

「ぐったりとして動きはありませんでした。声をかけたりしましたが目を覚ます様子もありません。やむを得ず手首を握って脈拍を調べてみたところでは、特に異常はなさそうでした」

「榊原被告はそのとき気を失っているフリをしていたわけですね？」

「本多、行け」

阿武隈が僕にボソリと呟いた。

「あ、はい。異議あり！　誤導的、かつ議論に亘る質問です！」

「異議を認めます。質問を変えてください」

「分かりました。では次の質問です」

僕の異議は認められた。だけど、朱鷺川検事も無理な質問だとは分かっていたのだろう、審理に影響があるとは思えない。

「それからどうしましたか？」

「現場にものすごい数の野次馬《やじうま》が集まり始めたので、警察が来るまでできる限り誰も現場に近づけないようにしていました」

「質問は以上です」

こうして、この事件における三人、酒井伯父さんを入れれば四人の目撃者が出揃ったことになる。

一人は伯父さんの次に現場に到着したものの、混乱して助けを呼ぶことしかできなかった女性、鈴木。

もう一人は被害者の伯父であり、現場で救命措置《そち》を行った渡邊。

そして最後が偶然現場近くにいたサラリーマンの三井。結局、彼の通報により事件は発覚したことになる。

「弁護人、反対尋問をどうぞ」

「ではいくつか」

問われた阿武隈は、すぐに立ち上がって質問を開始した。

「まず三井さん。あなたはサラリーマンだと証言された。つまり医療の専門家ではありませんよね？」

「ええ、もちろんです」

「では、他人の手首を握り、脈を測ったとします。脈の有無以外に、あなたにはなにか分かりますか？」

「いえ、もちろん分かりません。脈が速いか遅いかの区別もほとんどつかないでしょう」

「ありがとうございます。では当然ながら、事件現場に倒れていた榊原被告が気絶していた可能性は、否定できないわけですね？」

阿武隈らしい誘導尋問だった。

「仰る通りです」

「結構。ところで、あなたの証言を聞いて多くの人が疑問を持ったと思うんですが。あなたは警察が来るまで野次馬を阻止していたわけですか？」

「ええ」

「なぜ警察官でもないあなたがそんなことを？」

「探偵ドラマの真似事《まねごと》ですよ。現場が荒らされたら大変だと思ったんです。もちろん警察が来たあとは全部任せましたが」

「そうですか。以上です。残る反対尋問の権利は保留します」

阿武隈はひとまず引き下がった。

「珍しいですね」

僕はすぐに小声で訊《たず》ねた。

「警察官でもない一般人が野次馬を阻止していました、なんて話、いつのも阿武隈さんだったら徹底的に追及しそうなものですけど。専門家でもないあなたに完璧な現場封鎖なんてできたんですか、とか」

「違う、わざと追及する余地を残してるのさ」

「追及する余地を残した？　あ、そういうことですか」

なぜそんなことをする必要があるのか。

幸い、阿武隈に訊《き》くまでもなく答えはすぐに出た。僕たちは今後、現場にスタンガンがあったと主張するつもりでいる。そのためには、できる限り現場の状況に穴があった方がいいのだ。事件発生時、素人による封鎖しかなされなかった、スタンガンがあっても不思議はなかった——という論法を成立させるために。

「それにしたって、怪しいな、あいつ」

阿武隈が僕にそう零す。

「いくらなんでも平然とし過ぎだろ。なんだ、現場を確保してたって」

「それは僕も思いました」

証言を聞いていると、殺人事件の現場に出くわしたというのに、やることなすこと冷静過ぎるのだ。実際、最初の証人の鈴木などは警察を呼ぶどころかへたりこんで悲鳴を上げていたというのに。

「ま、追及するとしても後だな。とりあえず警察の捜査事情を知ってからだ」

◆

「次の証人は、竹岡学《たけおかまなぶ》巡査を」

証言台に立ったのは、三〇代ぐらいのガッシリした男性だった。

彼の素性は、制服で誰にでも分かる。帽子こそ取っているが、お巡りさんのそれだったからだ。

「六月三〇日の午後七時ごろ、あなたはどこでなにをしていましたか？」

「いわゆるパトロールの最中でした。もう一人の同僚と池袋を自転車で巡回していたところ、指令センターから無線で連絡がありました。殺人事件が発生したとの通報が二件あったので、至急現場に向かうようにと」

「確認しますが、通報は二件あったんですね？」

「はい。その時刻に、『人を殺した、自首したい』という通報と、『人が殺されている』という二件の通報が同時にあったんです」

この事件で、警察の通報は二件あった。先ほどの証人、三井からの通報。そして、まだこの法廷では示されていないが、酒井伯父さんが自首するための通報である。

「では竹岡巡査、現場に到着するまでに何分かかりましたか？」

「五分もかかってないと思います。一番近くにいたからこそ現場に向かうように指示されたわけですから」

警察の行動は迅速だったというアピールだ。

「では現場で見たことを教えてください」

「はい。まず若い女性が二名おり、うち一人が座り込んで悲鳴をあげていました。もう一人の女性は地面に倒れていました。また二十代と思《おぼ》しき男性が倒れており、首から大量に出血していました。五十代ぐらいの別の男性がその首筋を必死に抑えており、また現場には別の初老の男性が包丁を持っていたんですが、彼が我々に話しかけてきました」

五人も現場にいたとなると、証言も大変そうだ。

「その包丁を持った人物はなんと言ったんですか？」

「異議あり、伝聞を求める質問です」

阿武隈がそう言うと、珍しく朱鷺川は苛立《いらだ》たしげな顔になった。

「裁判長、確かに異議の通りではありますが、この証言については本審理の争点にはしないことで話がついていたはずです」

「おおそうでした、失敬。異議は取り下げます」

阿武隈がわざとらしく謝罪する。どうやらただの邪魔がしたかったらしい。

「では質問に戻ります。包丁を持った人物はあなたになんと言いましたか？」

「そこに倒れている一ノ瀬という人物を刺し殺してしまった、自首しますと。一字一句正しくはないかもしれませんが、間違いなくそういった主旨のことを言ってきました」

「それに対して、あなたはどうしましたか？」

「まず包丁を手放してもらうことが第一と考え、差し当たり地面に置いてもらうよう頼みました。すると彼はあっさり従ってくれたので、ひとまず倒れている人の介抱を一緒に現場に行った同僚に任せ、詳しい事情を聞きました」

「続けてください。彼はなんと？」

「まず名前を酒井孝司《こうじ》さんと言うそうです。警察に相談したこともあるストーカーが、知人の娘に危害を加えようとしていたのを目撃したため、持っていた包丁で刺してしまった。そう言いました」

伯父さんが警察にそう言ったことは間違いない。そしてそのウソがまずかった。実際のところその包丁は伯父さんのものではなく、榊原さんのものであったことはすぐバレてしまい、警察に怪しまれる原因になったのだ。

「あなたはどうしましたか?」

「はい。準現行犯逮捕しました」

「さて、裁判員の皆さんに一つだけ申し上げます」

ここで朱鷺川検事は、裁判員たちを振り返った。

「人の権利を拘束する逮捕とは、極めて慎重に行われなければなりません。そこで日本では令状、つまり裁判所の命令があって初めて人を逮捕できるわけですが、目の前で犯罪が行われるような、現行犯の場合はその場で逮捕することができます。そしてその現行犯逮捕に準ずるものとして、準現行犯逮捕というものがあります。竹岡巡査、詳しく解説してもらえますか?」

「分かりました」

朱鷺川検事は、あえて竹岡巡査に解説させようとした。準現行犯逮捕を行った当人が、その内容を詳しく知っているぞとアピールしたいのだろう。

「準現行犯逮捕にはいくつか要件がありますが、明らかに犯罪に使用したと思われる凶器を所持しており、また犯罪を行い終わってから間がないと明らかに認められる場合、逮捕状がなくとも逮捕できるというものです」

緊張した面持ちで、一言一句丁寧に述べる。言い終えた瞬間、安堵《あんど》した顔になったところを見ると、相当練習したのだと思える。

「よろしい。酒井孝司という人物は、血まみれの包丁を持っており、またすぐ傍には首を刺されて倒れていた人もいた。準現行犯逮捕の適用は当然だったわけですね？」

「その通りです」

警察官による準現行犯逮捕というものは、軽々しく適用されることがあれば簡単に人が拘束されてしまうことになる。そのこともあってか、朱鷺川検事はしつこいぐらいに準現行犯逮捕の正当性を訴えた。別に僕たちも、この件について争点にするつもりはないのだが。

「以上です」

ぶっきらぼうに朱鷺川検事が言い、入れ替わるように阿武隈が立ち上がった。

「反対尋問は特にありません」

◆

「次の証人は、司法解剖を行った木野下《きのした》先生です」

証言台に立ったのは、スーツとメガネをかけた真面目《まじめ》そうな壮年の男性だ。刑事裁判の法廷では何度も顔を合わせたことのある監察医で、当然証言も手慣れている。

朱鷺川検事は、当然のように被害者の死因について訊ねた。

「簡単に言えば、頸動脈損傷による失血死です。被害者は首にある頸動脈という極めて重要な血管を包丁で切られていました。いえ、正確には刺されたと言った方がいいでしょうね」

「つまり包丁を振り回したらたまたま頸動脈を切ってしまったのではなく、勢いを付けて刺したということですか？」

「はい。首筋の傷は一つだけですし、しかもかなり深いんです。これはかなり勢いを付けてグサリと刺したとしか思えません」

「頸動脈を切られると、人はどうなりますか？」

「はい。血液というのは酸素を運搬する役割があり、動脈には酸素を豊富に含んだ血液が流れています。全身に酸素を運搬した後は、静脈を通って戻ってくるわけですね」

学校で習うような話だ。僕にも分かる。

「首には静脈と動脈という二つの大きな血管があります。たとえば映画などであるように、首を切られても静脈を損傷しただけなら、すぐさま死に至るわけではありません。ですが首の動脈、つまり頸動脈は違います。ここを損傷すると、重要な器官である脳に血液そのものが行き渡らなくなり、極めて深刻な事態を引き起こします」

「被害者はほぼ即死だったというわけですか？」

「そう言っても過言ではありません。頸動脈を損傷して脳に行き渡る血液そのものが瞬時に失われると、あっという間に貧血や立ちくらみをもっと激しくしたような症状が現れ、意識を失うか、そうでなくとも立っていられなかったはずです」

つまり、阿武隈が好みそうなダイイングメッセージを残す時間はなかったということだ。

「仮に包丁で頸動脈を切った場合、切った相手にも返り血はかかりますか？」

「ええ。状況にもよりますが、包丁で人の頸動脈をざくりと、しかもこれだけ深く刺したとなれば、返り血がかからない状況の方が希有《けう》でしょう。いえ、まずあり得ないと言ってもいいです」

「では最後に、被害者の死亡推定時刻は何時頃でしょうか？」

「午後七時ごろとほぼ断言できます」

人間の体は、死亡して数時間が経過すると死斑が生じる。また、被害者の直腸内の体温も死亡後の時間に応じて低下する。司法解剖の時間と、それら死斑や体温などの要素から考えて、午後七時頃に死亡したことは疑いない——。木野下はそう証言した。

被害者の死因や死亡推定時刻については僕たちも争点にしていない。当然ながら僕たちも反対尋問は行いようがなく、朱鷺川検事は次の証人を喚問した。

◆

「それでは本日最後の証人となります。鑑識《かんしき》課の清水《しみず》巡査部長を」

次に証言台に立ったのは、事件の発生現場を捜索し、証拠を採取する鑑識班のリーダーだ。

「ついに来ましたね」

この証人は、僕たちにとって極めて重要となる。僕は阿武隈にそう声をかけずにはいられなかった。

「ああ。おまえさんが反対尋問するつもりでよく聞いとけよ」

僕たちが考えている主張は、スタンガンを使用されたことにより榊原さんは意識を失い、殺人などできなかった――というものだ。だけど最大の問題は、事件現場からスタンガンが見つかっていないということだ。誰かがスタンガンを持ち去った、あるいは捜査に手落ちがあったことを証明しなければならない。

朱鷺川検事はまず、彼が鑑識に所属していること、また鑑識が事件の際、どのような役割を果たすのかを聞いてから本格的な尋問に移った。

「あなたは事件現場を捜索し、どのような証拠を発見したんですか?」

「まずは酒井と名乗った人物が持っていた、血まみれの包丁です。それから同じく彼が持っていたハンカチにも血液らしい赤い汚れが付着していたため、その場で血液検査を行いました。ルミノール反応といって、血液かどうか調べるための検査です」

「結果はどうでしたか?」

「やはり血液だということが分かりましたので、押収しました」

「他に現場で収集できたものはありましたか？」

「いえ。徹底的に現場およびその周辺を捜索しましたが、事件と関連性があると見受けられるものは一切発見できませんでした」

「結構です。反対尋問をどうぞ」

朱鷺川検事の声に、返事をする代わりに阿武隈は僕に顔を近づけた。

「おまえさん、やれるか？　ただし、まだスタンガンについては触れないのが条件だ」

「やってみます。いえ、やらせてください」

この証人は、非常にコンパクトな証言しかしていない。当然ながらその証言には矛盾もなにもないように見受けられる。だけど、だからこそ阿武隈のこれまでの裁判を思い出せば、どこを突けばいいのかは分かる。それに今日聞いた証言を思い出せば、手落ちとまでは言わずとも、合理的な疑いを差し挟む余地はある。

「清水さん。まず確認させてください、現場で採取したのは包丁とハンカチだけ。他にはなにもなかった？」

「ええ、そうです」

「ところであなたは主尋問の際、ある事実について語っていませんでしたね？　意図的なのかどうかは知りませんが」

「すいません、なんのことでしょう？」

清水は顔を強張《こわば》らせた。僕も質問の仕方が阿武隈に似てきた気がする。

「時刻ですよ。事件が発生したのは、午後七時ごろでした。あなた方鑑識が現場で捜査を始めたのは、何時頃でしたか？」

「午後七時四〇分ごろです」

「七時四〇分。ということはつまり、事件発生から三〇分近く現場は放置されていたわけですね？　その間に何者かが証拠となるモノを持ち去った、あるいは風で吹き飛んでしまったという可能性はあるのではないですか？」

「いえ、その可能性は低いと思います。まず事件発生直後に通報者の三井さんが現場に駆けつけ、野次馬が寄らないようにしてくれたと聞いています。さらにその直後に警察官二名が現場に駆けつけ、封鎖してくれたわけですから」

「そうですか。ではお訊ねしますが、三井さんは警察官ですか？」

「い、いいえ」

「そうでしたね。では警察でない人物が、殺人事件の現場を適切に封鎖できたとお考えですか？」

「異議あり！　意見を求める質問です！」

朱鷺川検事が声を上げる。

だけど、その異議は僕も予想済みであり、なんと反論するかも分かっていた。

「裁判長。この証人は事件現場の専門家です、現場の状況について意見を述べてもらうことに問題はないでしょう」

「異議は却下します。証人は質問に答えてください」

朱鷺川は珍しく悔しそうに引き下がった。阿武隈ではなく僕にしてやられたのが屈辱だったのかもしれない。

「た、たとえ警察のような専門家でなくとも、現場に人を立ち入らせないだけなら不可能ではないでしょう」

「そうですか。ところで、三井さんがどのような形で現場を封鎖していたかについて、あなたはご存じですか？　ご自分の目でその封鎖状況を確認しましたか？」

「い、いいえ」

「では、三井さんの現場封鎖は完璧だったとあなたに断言はできませんよね？」

「……そう言われると、その通りだとしか……」

「結構です。では、たとえばあなたや警察が現場を封鎖する前に、何者かが現場に立ち入りなんらかの証拠を持ち出した可能性を、あなたは否定できませんね？」

「異議あり！　誤導的かつ議論に亘る尋問です！」

「待ってください、可能性の有無をイエスかノーで答えることは、なんら誤導的ではないはずです」

「異議は却下します。証人は質問に答えてください」

「……それは、イエスと言わざるを得ません」

「質問は以上です」

僕は引き下がった。

「よくやった。ちょいと大人しいが、及第点をやろう」

「ありがとうございます」

阿武隈は珍しく褒めてくれたが、僕は少し悔しかった。

僕の反対尋問は、ほとんどが阿武隈のマネだったからだ。阿武隈ならこういうときどうするかを考えた結果が、今の反対尋問だったからだ。

「よろしい。それでは、今日予定されていた証人は以上となります。明日、引き続き検察側の証人尋問となります」

裁判長がそう宣言し、緊張に包まれていた法廷の空気は、ひとまず緩んだ。

◆

その後、僕たちは当然ながら榊原さんと接見した。裁判は、ようするに被告人の罪を延々大声で喧伝《けんでん》するというものだ。たとえ無実の罪であっても、被告人は不安になるのが当然だ。できる限り接見して力づけるのも弁護士の仕事だった。

「といっても、別に今日の時点で言えることってのはなにもないんだがな」

阿武隈が率直にそんなことを言う。

「なんとなく分かります」

透明なアクリル板の向こうで、榊原さんも頷いた。

「まだまだ初日ってことですね。それでもお二方の反対尋問を聞いてて、すごく心強く感じました」

それは僕たちに気を遣ってくれている発言のようにも聞こえる。こんなときぐらい、「もっとしっかりやってください」ぐらいのことを言ってもいいのに。

「ただ、問題は明日からです」

そのことは、僕からあらかじめ言っておかねばならなかった。

「明日からは警察官など、裁判の経験がありそうな検察側の証人が山ほど出てきます。彼らは裁判にも慣れてるので、こちらもあまり反対尋問できずに終わるかもしれません。当然、法廷は榊原さんにとっては居心地の悪い空気になるかもしれませんが、その後で必ず僕たちも反撃します。どうか耐えてください」

「分かりました、そのつもりでいます。明日もどうかよろしくお願いします」

依頼人にそう言われると、つくづく心が引き締まる思いだった。

「なに、そう堅くなる必要はねえよ」と、阿武隈。「今日の証言を聞いてて一つ分かったことがある。案外この裁判、あっさり終わるかもしれん」

「え⁉　い、一体どういうことですか⁉」

僕が食いつくと阿武隈はニヤリと笑った。

「おまえさんだって今日の裁判聞いてたんだろ？　だったら気付いててもおかしくないはず

だ。ま、俺だってまだ確証があるわけじゃない。少しは自分で考えるんだな」

「はあ、分かりました」

今日の審理で、それほど重要な証言があっただろうか？ 僕はもちろん考えてみたものの、答えは出そうになかった。ただ、いずれにせよ阿武隈がなにか気付いてくれたというのなら、心強いのは事実だった。

問題があるとすれば、すっかり阿武隈を頼りにしてしまっている僕の心構えだろう。

間章

井上検事の憂鬱

検察官――検事というと、裁判で被告人を断罪するのが仕事と思われがちだが、実際のところそれよりももっと大きな仕事がある。

書類仕事だ。検事にはある程度の捜査権があり、必要とあれば警察に命じて捜査を行わせることも可能だが、検事は毎日書類仕事に追われ、捜査どころではないというのが現実だ。

このときの井上《いのうえ》検事がそうだった。朱鷺川《ときがわ》の下についた彼女は、日々膨大な量の書類仕事に追われていた。

「井上くん、例の書類は今日中に頼む。渡したUSBメモリに入れておいてくれ」

「アッハイ」

井上検事は半ば機械的な返事で、上司からの仕事を請け負った。

朱鷺川に命じられればどうせ拒否はできない。手も抜けない。ならばもう自分を機械とでも思って、ひたすらなにも考えず書類仕事を続けた方が楽だと悟ったのだ。

だが、仕事を引き受けるのは機械的にできても、仕事を行う際にはどうしても人間らしさが出てしまう。つまり、ミスが生じることもあった。

「あ」

自分のパソコン上で作ったワードファイルを、朱鷺川検事から預かったUSBメモリにコピーしようとしたのだが、間違って別のファイルをコピーしてしまったのだ。慌てて削除しようとする。

「あ!?」

そういうときに限ってミスが重なる。もともとUSBメモリに入っていた別のファイルを削除してしまったのだ。

上司のファイルを勝手に削除してしまったとなれば、大目玉では済まない。慌ててごみ箱フォルダを開く。だが、なにも入っていなかった。USBメモリのファイルを削除しても、PC上のごみ箱フォルダに移動するような設定になっていなかったのだ。

だが、まだそう慌てるような事態ではない。ネットで検索すれば、データ復旧用のソフトウェアというものがいくらでも見つかる。それをダウンロードして復旧すればいい。USBメモリのような外部ストレージであれば、他のデータで削除領域を上書きしてしまわない限り、いくらでも削除したファイルの復旧は可能なはずなのだ。

ダウンロードした復旧ソフトで、削除したファイルを検索する機能を実行する。すぐに削除領域上に残っているファイル一覧が作成された。

(よかった、これだわ)

削除した時間から、さっき削除してしまったデータを見つけることに成功する。あとは復旧して何事もなかったように装えばそれでよかった。

だが、このとき井上検事の人間としての欲求が出てきてしまったことから、彼女の人生は大きな転換期を迎えることになる。

削除ファイル検索機能によって出てきたデータは、先ほど誤って削除したファイルだけではなかった。別のワードファイルなどが検索結果に表示されていたのだ。

井上検事は、別に朱鷺川検事のことを憎いと思っているわけでもない。しかし、現在自分をいいように使っている上司ではある。その上司が削除したワードファイルとなれば、気にならないわけがなかった。あり得ないとは思うが、もし誰かにあてたラブレターとかだったとすれば、辛い深夜残業のひとときの娯楽になってくれるかもしれない。

そのワードデータを、こっそり自分のＰＣ上に復旧させる。ドキドキしながら中身を表示させる。

「え……。こ、これって！」

それは朱鷺川検事が、証拠を捏造《ねつぞう》していた証拠だった。

第五章　阿武隈対朱鷺川　二日目

1

「それでは本日最初の検察側証人は、科学捜査研究所の武藤《むとう》さんです」

証言台に立ったその人物――通称〝科捜研の女〟も、僕たちとは顔見知りだ。ただし、いつも阿武隈《あぶくま》が手厳しい反対尋問をするせいで、彼女の僕たちへの印象は間違いなくよくないだろう。実際、証言台に立った彼女は、僕たちの方を見向きもしなかった。

「あなたは鑑識《かんしき》から届けられた包丁とハンカチについて、科学的な捜査を行いましたね？」

「はい」

朱鷺川《ときがわ》検事は、武藤にその結果について証言させた。

事件発生当時、酒井伯父《さかいおじ》さんが持っていた包丁からは、被害者である一ノ瀬《いちのせ》の血液が採取されたこと。また二人分の指紋が採取され、それぞれ榊原《さかきばら》被告と伯父さんの指紋だったこと。ただし、榊原被告の指紋については、実際に採取した指紋の拡大図を提示しながら次のようにも付け加えた。

「こちらの画像をご覧ください。採取した指紋を大きく印刷したものです。見ての通り、半分ほどが切れたような、こすれたような形になっています」

「なぜこのような形で指紋が残ったのでしょう？」

「指紋を拭ったからと考えられます。柄に目立った傷がないことから、恐らく布のような柔らかい布で拭ったのでしょう」

「つまり、榊原被告の指紋については拭かれた痕跡があったわけですね？　では酒井さんの指紋についてはどうでしたか？」

「拭かれた痕跡は一切なく、指紋がそのまま残っていました」

「では、もう一つの証拠、当初自首していたという酒井さんが持っていたハンカチについて分かったことを教えてください」

「はい。こちらには血液が付着していました」

「では付着した血液から、誰のＤＮＡが検出されたか教えてください」

「血液は、被害者である一ノ瀬さんのものであることが分かりました」

「間違いありませんね？」

「ＤＮＡ検査の精度は年々上がっています。パーセンテージで言えば九九・九九九……と、数字にするのが馬鹿らしくなるぐらい間違いないでしょう」

「つまり、包丁には榊原被告の指紋が付着していたものの、布で拭った痕跡がある。またハンカチには一ノ瀬さんの血液が付着していた。そういうことですね？」

「ええ」

「終わります」

朱鷺川は珍しく誤導的な質問をせずに終わった。だけど、今の証言を聞けば誰もが同じことを考えるだろう。榊原被告が使用した包丁を、酒井伯父さんが持っていたハンカチで拭ったのだと。

「弁護人、反対尋問をお願いします」

「特にありません」

阿武隈は座ったまま言った。

僕たちにとって不利な証言ではあるが、伯父さんがハンカチで包丁を拭ったのは事実であり、争点にできなかったのだ。

「では次の証人として、酒井孝司《こうじ》さんを喚問いたします」

◆

法廷の空気が変わろうとしていた。

酒井孝司。僕の伯父であると同時に、事件現場で血まみれの包丁を持って警察に自首した人物。一度は逮捕されたものの、すぐに釈放された。この辺りの経緯はマスコミによって大きく報道されており、誰もが興味を持っているに違いなかった。

もちろん、僕たちにとっても重要な証人だ。伯父さんは榊原さんが犯人だと思ったからこそ、その罪をかぶった。伯父さんの証言次第で、裁判員たちも同じように榊原さんが犯人だと信じてしまう可能性があるのだ。

「では、あなたの名前とご職業を教えてください」

「酒井孝司、自営業をしてます」

「あなたはこの事件において、被告人を庇《かば》って警察に自首しましたね？」

「ええ」

「裁判長、お聞きの通りこの証人は検察にとっては敵性証人となり得ます。誘導尋問を許可してください」

「関係性は理解しました。適宜判断します」

その申請は、僕たちも認めざるを得ないところだった。

「まず榊原被告は、本件被害者である一ノ瀬さんから執拗《しつよう》なストーカー行為を受けていました。そのことをあなたは知っていましたね？」

「ええ」

「榊原被告は、ちょうどそちらにいる本多《ほんだ》弁護士と、警察にストーカー被害のことを申し出、警察から一ノ瀬さんには接触禁止命令が出されました。そのことも当然ご存じですよね？」

「はい」

ものすごい誘導的な尋問である。本当に朱鷺川検事は、阿武隈並みに状況を利用するのが上手《うま》い。

「事件があった六月三〇日の午後七時ごろ、あなたはどこにいましたか?」

「通っていた料理教室に向かっていたところです」

「それは、事件現場の近くにありますね?」

「ええ」

伯父さんは、いささか淡々としつつも、普段通り質問に答えていく。

伯父さんに証言をさせるかどうかは、僕と阿武隈の間でもちょっとした議論があった。伯父さんは現場を見て榊原さんが犯人だと考えた。そのように考えるに至った経緯を証言させられれば、裁判員たちも同じように榊原さんを疑いかねず、非常に都合が悪い。その気になれば阿武隈の例の作戦——自分に罪が及ぶ可能性があるという理由で、証言を拒否させることはできた。ただ、最終的に僕も阿武隈も伯父さんに証言させるべきということになった。僕たちは、真犯人が別にいると主張するつもりでいる。そのためにはすべての事実を明らかにしておいた方がいいと考えたのだ。

朱鷺川検事の尋問は続いた。

「ではその料理教室へ行く途中、なにがありましたか?」

「悲鳴が聞こえたんです。榊原被告の声に似ていました」

「現場に駆けつけたもう一人の証人、鈴木《すずき》さんも悲鳴を上げたと証言しましたが、彼女の声ではなく榊原被告の声だったんですか?」

「ええ、榊原さんのことはよく知ってます。声を聞き違えたりしません」

「あなたは悲鳴を聞いてその場に駆けつけた？」

「ええ。ただ建物が密集していた場所だったので、悲鳴の場所が特定できず、駆けつけるまでに一分ぐらいかかりましたが」

「現場であなたはなにを見ましたか？」

「榊原さんと、彼女にストーカー行為をしていた男が倒れていました」

「現場に駆けつけた鈴木さんの証言によると、現場にはあなた以外に二人の男女がおり、男性は仰向《あおむ》けで、女性はその一メートルぐらい離れたところにうつぶせ気味に倒れていたとのことでした。同じですか？」

「ええ、同じです」

「ですが、鈴木さんの証言とあなたが見た光景には、大きな違いがありますよね？　具体的に言うと、あなたが現場に駆けつけたとき、榊原被告の手には血まみれの包丁が握られていましたね？」

「その通りです」

「あなたはその包丁に見覚えがありますね？　その包丁は、あなたから榊原被告にプレゼントしたものだったんですから」

「ええ」

伯父さんは苦々しい顔をしつつも、認めざるを得なかった。

「状況から、あなたは榊原被告が被害者を刺し殺したと考えたのですね？」

「異議あり！」

僕は慌てて立ち上がった。

「意見を求める質問です。証言は真実のみに限られるべきです」

「認めます」

「では質問を変えましょう。あなたは倒れていた榊原被告が握っていた包丁を奪い取り、所持していたハンカチで柄を拭いましたね？　そして代わりに自分で握った、つまり自分の指紋を付着させた。そうですね？」

「……その通りです」

「それは榊原被告に殺人の容疑が向けられるのを防ぐためだったんですね？」

「その通りです」

「結構。では次に、あなたはそちらの本多弁護士に電話した後、警察に通報しましたね？　そのとき警察になんと言いましたか？」

「人を刺したので逮捕してください、救急車も呼んでくださいと」

「その後、やってきた竹岡《たけおか》巡査に犯行を自白し、準現行犯逮捕に至ったわけですね？」

「ええ、その通りです」

「ですが翌日、あなたは釈放されましたね？」

「そうです」

「質問は以上です。反対尋問を」

「特にありません」

阿武隈は座ったままそう応じざるを得なかった。

警察、そして恐らくその捜査を指揮した朱鷺川検事の捜査は見事なものだったのだろうと今も思う。取り調べ中に黙秘を徹底していた伯父さんからは、ほとんどなにも情報を聞き出せなかったはずなのだ。にもかかわらず、僕たちが伯父さんから聞いた事情をピタリと言い当てているのだから。

「朱鷺川検事、次の証人を」

「はい。では板橋《いたばし》警察署の稲田《いなだ》巡査部長を」

◆

証言台に立った人物とは、僕も一度会ったことがある。榊原さんと一緒にストーカー被害を申告しに行った際、僕たちに応対した警察官だ。わりと優しい警察官だったが、今は検察側証人、つまり残念ながら敵対する立場となってしまう。

「あなたは六月二七日、被告人とあちらの本多弁護人から、ストーカー被害についての相談を受けたそうですね？」

「はい」

「ストーカー行為とは、具体的にどのようなものですか？」

「〝ストーカー行為等の規制等に関する法律〟で定義されていまして、住居、勤務先などで待ち伏せ、つきまといを行うこと。面会、交際、その他義務のないことを行うことを要求すること。また、電子メールを含む連続した電話、粗野な言動などが挙げられます」

「榊原被告から話を聞いて、あなたはどう判断し、行動しましたか？」

「一ノ瀬さんがストーカー行為におよんでいた様子を撮影したビデオや、これまでに榊原被告が受け取った手紙なども見せてもらいましたが、これはストーカー行為に該当すると判断しました。その後、急いで一ノ瀬さんの素性調査を半日かけて行なったのですが、実際に榊原被告の自宅周辺を徘徊《はいかい》しているところも確認されました。そこでその日のうちに警告を出しました。あなたは法律に触れることをしているので、直ちにやめなさいと文書と口頭で伝えたわけです」

「もしストーカーがその警告に従わなかった場合、どうなるのですか？」

「その場合、東京都の公安委員会から禁止命令が出されます。これは非常に重い命令で、もし従わなければ即座に逮捕することになります」

「つまり、ストーカーが警告に従ったかどうかが分からない限り、次の段階へは進めないわけですね？」

「その通りです」

「質問は以上です」

朱鷺川検事は意外なほどあっさりと尋問を終えてしまい、僕は阿武隈に疑問を投げかけずにはいられなかった。

「榊原さんの部屋に置かれていた脅迫状については触れませんでしたね……。あのことに触れておけば、警察も責任転嫁できそうなものですけど」

「そう、それさ。責任転嫁と解釈されるのが嫌だから、もっと効果的な場面で提出するつもりなんだろうよ」

「だとすると……反対尋問はしない方がいいでしょうか？　ここで警察の責任を追及しても、あとで脅迫状のことを持ち出されると意味がなくなるかもしれませんし」

「いや、警察の責任に触れない理由もないからな。脅迫状のことは気付かなかったで済ませりゃいいし。ただ本多、悪いがこの証人への反対尋問はおまえさんがやってくれ。今後の展開次第では俺が検察に手玉に取られたように見られかねないからな」

「分りました」

阿武隈は、いつも裁判員や傍聴人へのイメージを気にしてきた。たとえば、阿武隈がなにか反対尋問しようとする度、法廷は驚きに包まれ傍聴人は検察の主張に疑問を抱く――。そんな雰囲気ができるだけで、確実に勝利は一気に近づく。

だからこそ、検察が手をこまねいているような罠《わな》には僕が飛び込むべきなのだ。見るからに若造の僕が失敗したところで誰も気にしたりしない。

「それでは反対尋問させていただきます」

僕は一度深呼吸してから立ち上がった。

「あなた方警察は一ノ瀬さんに対し、被告へのストーカー行為を禁止するよう警告を出した。間違いありませんね？」

「ええ、その通りです」

「ですがその後、警察の警告にもかかわらず一ノ瀬さんは被告人に会いに行ったわけですね？　それもロープやガムテープなど、明らかに犯罪を思い起こさせる道具を持って」

「ええ、そうです」

さて、本題はここからだ。

「当然、警察として責任は感じていますよね？　あなた方に相談したにもかかわらず、今回の事件が起こってしまったわけですから」

「ええ。今回の事件を防げなかったことは、今も後悔しています」

率直に認めた。本来なら喜ぶべきだが、本番は検察が脅迫状のことに触れてきてからである。

「反対尋問は以上です」

朱鷺川検事から反論は一切なかった。少なくともこの時点では。

◆

「次の証人は、医師の立石《たていし》先生です」

証言台に立ったのは、またも池袋《いけぶくろ》中央病院の関係者だった。

「救急外来の医者をしています。簡単に言えば、救急車で運ばれてきた患者を治療することが仕事です。もちろん患者の状態によっては内科医や外科医など、他の専門医に治療を依頼することもありますが」

立石は、自分の職務についてまずそう証言した。

「六月三〇日の夜、池袋中央病院に榊原被告が救急車で運ばれ、あなたが治療にあたりましたね？」

「はい」

「榊原被告の状態はどうでしたか？」

「まず若干の意識混濁が見られました。また、手にわずかながら血が付着しており、額には打撲痕がありました。なにか平べったいものをぶつけたようで、内出血、ようするにアザになっていました」

「順番に聞きましょう。まず榊原被告の手に血が付着していたとのことですが、詳しく教えてください。それは手のどの部分でしたか？」

「血は手の平や手の甲、指の間などに微量ですが付着していました。しかしいくら調べても、彼女自身の手には出血を伴うような傷はなかったんです」

「そのことは警察に伝えましたね？」

「ええ。処置室には警察の方も来たので、全部伝えました」

「額の傷は、なぜ平べったいものをぶつけたと分かるんですか？」

「たとえば石ころのようなもので殴られたとしましょう。石には凹凸がありますから、アザができたとしても部分的だったり、また出血してもおかしくありません。ですが彼女の額は幅広くアザになっていました。これは平べったいものをぶつけない限りできません」

「どのような治療を行いましたか？」

「彼女本人から聞いたところ、頭痛があり、また自分の身になにがあったか分からないと記憶の消失が疑われました。救急隊員からも、彼女が搬送時に意識を失っていたと訊《き》きまして、脳に損傷がある可能性がありました。そこでCT、ようするに頭の中を断層撮影して調べたのですが、幸い出血の兆候はありませんでした。ですが、事故後の日常動作で頭が揺られ、出血する場合もあります。そこでひとまず経過観察のため入院してもらって様子を見ることにしました」

「ところで、たとえば看護師のような医療の専門家であれば、自分で頭部を殴り、あたかも事件当時気絶していたかのように見せかけることは可能ですか？」

僕は飛び上がった。

「異議あり！　誤導的かつ議論に亘《わた》る質問です！　質問自体の削除をお願いします！」

「認めます。ただいまの朱鷺川検事の発言は記録から削除されます。また裁判員のみなさんも忘れてください」

裁判長は僕の申し出を認めてくれはしたが、裁判員たちが今の発言を綺麗《きれい》さっぱり忘れてくれるとは思えなかった。

「では質問を変えましょう。たとえば検査入院が必要とされるような頭部外傷とは、どのように判断しているのですか？」

「本来なら、グラスゴー・コーマ・スケールのような基準に当てはめて判断します。しかし今回のケースでは頭部を打った際に患者は意識を消失し、その前後の記憶を失っているとのことでした。そうなるとどのような強さで、どんな状況で頭を打ったのかも分かりません。ＣＴと検査入院は必須だったでしょう」

「看護師のような医療の専門家であれば、そういった知識は持っているものですか？」

「異議あり！　誤導的であり、議論に亘る質問です！」

「裁判長、却下をお願いします。これは被告人の状況を正確に裁判員のみなさんに判断してもらうために必要な質問であり、また医療の専門家に認識を聞いているだけです。証言させるべきです」

「……異議は却下します。証人は質問に答えてください」

「はあ、分かりました。看護師であれば、そういった知識は当然あるはずです」

「つまり、看護師である榊原被告が頭を打って気絶したフリをし、また記憶を失ったと虚偽の申告をすれば、あなたとしては検査入院を指示するしかなくなるわけですね？」

「異議あり！」

「では質問を変えましょう。あなたは榊原被告が頭部をぶつけたことにより、意識を失ったと断言できますか？」

「いえ。私は本人からの話と、患者が意識を失い倒れていたという救急隊員の説明に従って必要な処置をしたまでです」

「質問を終わります」

「では反対尋問を」

「本多、おまえさんやってくれ。大したことはできん」

「……分かりました」

僕は立ち上がった。最低限、なにをすればいいかは分かる。

「あなたは榊原被告が意識を失っていた可能性を否定しませんね？」

「ええ」

「額をぶつけたショックで、その前後の出来事を忘れることはあり得ますね？」

「程度によりますが、可能性としては充分あると思います」

「結構です、反対尋問を終わります」

阿武隈が言ったように、大したことはできなかった。だけど、合理的な疑いを差し挟む余地を作るという点では、これが最善だと思う。

「次が検察側最後の証人となります。警視庁の長瀬《ながせ》警部を」

◆

証言台に、壮年の男が立った。

阿武隈などは『刑事なんて人種は大体ヤクザに見える』などと口にしてはばからないが、その長瀬警部は意外と温和な顔つきだった。ただ、温和なだけで警部という職が務まるとは思えない。恐らく、怒らせたら怖いんだろうな、という印象も受ける。

朱鷺川検事は、まず長瀬警部が警視庁捜査一課の強行犯係に所属し、殺人などの重大事件を捜査する警察官であることを証言させると、順を追って質問していった。

まず最初は、警察に自首してきた酒井伯父さんを取り調べたこと。けれど伯父さんは自首したにもかかわらずその後一切証言しようとしなかったため、どうも怪しいと思っていたこと。そんな折、科学捜査研究所から証拠物件——伯父さんが持っていた包丁とハンカチについての鑑定結果が出た。ハンカチからは血痕。包丁からは血痕とそして伯父さんの指紋が出たのはもちろんとして、ハンカチで拭き消されたと思《おぼ》しき別の誰かの指紋も検出されていた。

「つまり事件現場で酒井さんが持っていたという包丁は、別の誰かが握っていた可能性が出てきたわけです。酒井さんはその包丁をハンカチで拭い、自分で握り直していた可能性が非常に高かったのです」

小手先の自首に、警察は騙《だま》されなかったということだ。

「また、現場に倒れていた榊原被告についても捜査を進めました。するといくつかの不審な点が分かってきたのです。まず、榊原被告を診察した医師からの報告で、彼女の手には血が付着していたことが分かっています。そこで治療に影響はないということで彼女の手から血液を採取し、鑑定してもらったところ、榊原被告のものではなく、殺された一ノ瀬さんのものであることが分かりました」

「裁判員の皆さんに申し上げます。ただ今の証言は、本来であれば鑑定した科学捜査研究所の武藤さんに証言してもらうべきものです。ですが榊原被告の手に付着していた血痕が一ノ瀬さんのものであることについては、この裁判では争点にしないことになっていますのでご了承ください」

丁寧に朱鷺川検事が事情を説明する。

「では尋問を続けましょう。それからどのような捜査を？」

「はい。まず酒井さんと榊原被告の二人が、現場のすぐ近くにあった料理教室に通っていたことが分かりました。そこでその料理教室の先生に聞いたところ、榊原被告は普段は自分用の包丁など持ってきていなかったものの、最近になって急に持ってくるようになったとのことでした」

例によって伝聞証拠だが、これについては榊原さん当人からそう聞いているし、料理教室では他の生徒にも知られている事実だったようで、誤魔化《ごまか》しようがなかった。料理教室の先生を証言台に立たされ、「自分用の包丁を持ってくる人は希有《けう》でした」などと証言される方が厄介だ――とは阿武隈の言である。

「それで次はどうしましたか？」

「包丁や榊原被告の手に付着していた血痕のことを考えると、彼女がなんらかの形で事件にかかわっていたことは間違いありません。そこで、令状を取って榊原被告の自宅を家宅捜索しました」

「なにか発見できましたか？」

「はい。机の上に無造作に脅迫状が置かれていたんです」

来た。それこそ僕たちにとって最大の急所となる証拠である。

朱鷺川検事は、机の上に置いてあったビニール袋入りの紙切れを取り上げると、まず長瀬警部に手渡した。

「あなたが見つけた脅迫状とは、このことですね？」

「はい、間違いありません」

「文面を読み上げてください」

「はい。ええと、大変物騒な文面で恐縮ですが……。よくも警察になんか通報しやがったな。なぜ僕の愛を分かってくれない？　そっちがその気ならこっちにも考えがある。おまえの看護ミスを訴えるぞ。覚えておけ、僕はその気になれば、おまえの部屋だって簡単に入れるんだからな。以上です」

物騒な文面を淡々と読む。

「長瀬警部、その脅迫状を見てどう考えましたか？」

「まずこの文面を読む限り、榊原被告がストーカーについて警察に届け出たあとに届いたものであることは明白です。しかしそう考えると奇妙でした。現在のストーカー規制法では、ストーカー行為の届け出があればまず警察から警告が出され、ストーカーがその警告に従わなかったときにより具体的な取り締まりが行えるようになります。榊原被告は当然そのことを知っていたはずですから、この脅迫状のことを警察に届け出てさえいれば、一ノ瀬さんを拘束することもできたはずなんです」

「しかし、実際には警察に脅迫状のことは知らせていなかった?」

「そうです。念のため、先ほど証言台に立った板橋警察署の稲田巡査部長にも確認しましたが、特に連絡は来ていないとのことでした。大変奇妙なことです。脅迫状を警察に届け出てさえいれば、一ノ瀬被告の身柄は拘束され、今回の事件を未然に防げたわけですから」

巧《たく》みな言い回しだ。警察としては、責任転嫁と解釈されることが嫌なのだろう。だけど、このように証言されれば誰でも思うだろう。ひょっとして過失は榊原被告にあったのでは——と。

「では脅迫状についてうかがいます。脅迫状には、被告人の看護ミスを訴えるぞという記述がありました。それについては?」

「ええ。それについてはまったく裏付けが取れませんでした。一ノ瀬さんが池袋中央病院に入院し、榊原被告の看護を受けたことは事実ですが、苦情が出たことは特になかったそうです」

「榊原被告に、脅迫状のことを聞きましたか？」

「はい。彼女は知らなかったと証言しました。警察にストーカー被害を届け出た後は安全のためビジネスホテルに宿泊しており、自宅には帰っていないと証言したのです」

「当然、裏付け捜査を行いましたね？」

「はい」

「結果はどうでしたか？」

「確かに彼女が、自宅から三〇分ほどのところにあるビジネスホテルに宿泊していたことは分かりました。ですがずっとビジネスホテルに滞在していたわけではなく、時折外出する様子が防犯カメラに録画されていました。その際に自宅に戻った可能性は充分に考えられます」

　榊原さんにも聞いたが、ホテル滞在中外出したことがあるのは確かだという。だけど当たり前だ。夜中に夕食を食べに行ったり、コンビニに行くぐらい誰にでもあるだろう。ホテルから自宅までは徒歩圏内でもあるが、それだってただの偶然だ。

「それから、どのような捜査を？」

「まず、自首していた酒井さんを釈放しました。状況を鑑みるに、彼の犯行だったとは思えません。虚偽の自首をしたことは警察に対する業務妨害となりますが、榊原被告を庇うためという動機を考えれば、送検する必要があるとも思えなかったからです。そして、榊原被告について逮捕状を請求しました」

「逮捕に至った理由とは、どのようなものですか？」

「まず榊原被告は、ストーカーについて届け出る前後からビジネスホテルに連泊していました。しかしホテルに連泊というのは決して楽なものではありません。たとえば必要な衣服を取りに、あるいは掃除にといった理由で自宅に一度戻り、机の上に置かれた脅迫状を見た可能性は充分にあります。そしてこの脅迫状は、榊原被告が身の危険を感じるに充分な文面です。警察に届け出るのは簡単ですが、同時にこの脅迫状には榊原被告を看護ミスで訴えるぞという一文がありました。一切記録には残っていなかったとしても、榊原被告と一ノ瀬さんしか知らないなんらかの医療事故があったのかもしれません」

「だから彼女は警察に届け出ることができなかったということですね？」

「そうです。それから彼女は、料理教室に使うためという理由で包丁を持ち歩いていました。ですが、その料理教室で包丁を持ち込んでいたのは彼女だけだということが分かっています。つまり彼女には、包丁を持ち歩く別の理由があったんです」

「阿武隈さん、異議申し立てます？」

証人は専門家とはいえ、推測が多すぎる。朱鷺川検事の尋問もまた誘導的なものばかりだ。

「いや、もう裁判員だってなにが言いたいか分かってるはずさ。最後ぐらい好きに言わせてやれ。その代わり、なに言われたって平気だって顔をしてろ」

確かに、すでに裁判員や傍聴人《ぼうちょう》たちも二人のやり取りに聞き入っている感があった。彼らの中で結論も恐らく出ている。下手に水を差して、無意味な抵抗をしていると受け取られるより、阿武隈の言うように平然とした態度でいた方がいいだろう。

「彼女はストーカーに狙われていました。自衛用というわけですか？」

「それは分かりません。ですが、もし自分の部屋にいきなり『おまえの秘密をバラすぞ』、と書かれた脅迫状が置かれていれば、常人では平静ではいられないでしょう」

「そのときから被告人は殺意を持って凶器を持ち歩くようになったわけですね？」

「殺意を持っていたかは分かりませんが、連日包丁を持ち歩いていたことは裏付けが取れています」

「そして六月三〇日の夜、榊原被告の前に再び一ノ瀬さんが現れたわけですね？　そのときなにが起こったかは証拠によって明らかです。まず榊原被告は、持っていた包丁で一ノ瀬さんを刺した？」

「凶器の包丁が榊原被告のものであり、また彼女の指紋が付着していたことは事実です」

「しかも犯人は、一ノ瀬さんの首を深く刺していることが分かっています。つまり犯人は明確な殺意を持って刺したと言えるわけですね？」

「ええ。傷の深さから見ても、自衛のために振り回した包丁が偶然相手に刺さった、などと考えられないことは確かです」

「被告人は頭に傷があり、また気絶していたと主張しています。ですが、被告人の手や足にはなんの怪我《けが》もなかったんですよね？」

「ええ。アザがあったのは額だけだということは分かっています」

「それは意図的に自分で額を殴るといったことをしない限り不可能なアザですよね？」

いい加減、異議を申し立てたい気になったが、阿武隈が言う通りもう今はそれほど意味がないだろう。

「不可能かは分かりませんが、不自然なアザであることは確かです」

「そしてそこに酒井さんが通りがかったと考えているわけですか？」

「はい。偶然だったのかもしれませんが、彼も同じ料理教室に通っていましたから、不思議なことではありません。犯行現場を見て、酒井さんは被告を庇おうとしたんでしょう。持っていたハンカチで被告の手や凶器の包丁を拭い、犯行の痕跡を指紋を消そうとしたんです」

「その後、通報によって警察が捜査を開始したわけですね？」

「はい。殺意を持って包丁のような凶器を持ち歩き、そして人を刺し、あまつさえその罪を誤魔化そうとする行為は、正当防衛でも過剰防衛でもなんでもありません。銃刀法違反であり、そして殺人として裁かれるべき行為でしょう」

「ありがとうございました、質問は以上です。反対尋問を」

勝ち誇ったように朱鷺川検事は僕たちを振り返った。

「いえ、我々はその権利を保留します。まず他に立証したいことがありますので」

「よろしい。では朱鷺川検事、これで検察側の証拠調べ手続は終了ですね？」

「はい。六月三〇日の夜になにが起こったのか、またなぜ事件発生直後、被告人とは別の人物が逮捕されたにもかかわらず釈放され、その後に被告人が逮捕されたのか。そして、なぜ我々が過剰防衛や過失致死ではなく、殺人罪で起訴したかは充分にご理解いただいたと考えております」

「裁判長」と阿武隈が声を上げた。「朱鷺川検事は最終弁論の権利を今行使するつもりのようです。構いませんのでそのまま最後までしゃべらせてやってください」

「いえ、そういうわけにはいきません。朱鷺川検事、演説は後でお願いします」

朱鷺川検事は阿武隈を一度だけ睨《にら》むと、一礼して引き下がった。

「それでは今日の審理はここまでです。明日から被告側による証拠調べ手続に入ります。裁判員のみなさん、今日もご出席ありがとうございました」

2

「これで検察側の手の内はすべて見たことになります。明日からが本番ですよ」

裁判終了後。僕と阿武隈は、いつも通り地下の接見室で榊原さんと接見していた。

「たとえば一ノ瀬は、スタンガンをネットで購入したことが分かってますし、一方で検察はまだそのことを掴《つか》んでいないはずです。やり方はいくらでもありますから」

さすがに一日中裁判員の目にさらされていたためか、榊原さんに元気はない。僕はどうにか力づけようとしたものの、あまり効果があるようにも見えない。

「よろしくお願いします。後ろめたいところを指摘されるのって辛《つら》いですね……。わたしが包丁を持ち歩くようになったのは、いざというときに振り回すつもりだったのは確かでしたから」

「文字通り守り刀ってか。おい本多、今のは笑うところだぞ」

「それはすいません」

阿武隈の冗談もまったくこの重い空気には通用しなかった。

「ま、一番辛い時期はもう終わったのは事実だ。明日からは俺たちの活躍を特等席で見てりゃいいさ」

現時点では他に会話もしようがない。僕たちは間もなく、接見室を後にした。

◆

女性一人元気づけてあげられない。僕は自分の無力さをひしひしと感じていた。

そして接見室を出たこのとき、更に僕は弁護士の無力さを思い知らされることとなる。

「やっぱりここね。待ってたわ」

「あれ？　井上《いのうえ》検事？」

地下の明るいとは言えない通路で、井上検事が待っていたのだ。

「話があるの。ちょっと顔貸しなさい」

　僕と阿武隈は思わぬ展開に顔を見合わせた。

「まあいい。俺たちは女の誘いを断らないのが信条だ。喜んで顔ぐらい貸そう」

「阿武隈さん、こっそり僕まで一括《ひとくく》りにしないでくれます？」

「なんだ？　おまえさん、せっかく女が誘ってくれても断るのか？」

「なにを言ってるんですか。僕は女性であろうとそうでなかろうと同じ対応をします」

「守備範囲広いなおまえさん」

「……阿武隈さん、わざと勘違いしてるでしょう」

「ねえ、あなたたち。わたしの話進めていい？」

　さすがに苛立《いらだ》ってきたようなので、僕と阿武隈はすごすごと彼女に従い、地下通路のさらに隅の方へ移動する。

「朱鷺川検事から伝言よ。今取引するなら、過剰防衛にしてあげてもいいって」

「なんだ、そんな話ですか」

　彼女が出向いてくるから何事かと思った。

「井上検事、あなたたなら僕たちの性格は分かっているでしょう。そんな取引に応じるわけがないって」

「そうね。だからそれは表向きの用事。わたしが朱鷺川検事にお願いしたのよ、このタイミングで取引を持ちかけたらどうですかって。どうせ断られるでしょうけど、挑発にはなるんじゃないかって言ったら、じゃあ行ってこいってね」

僕はその言葉の意味を図りかねた。

「どういうことです？　表向きの用事って」

「ようするに、俺たちにこっそり伝えたい他の話があるってことだろ」

「そう。それも電話じゃ伝えられない、地下でするのがピッタリな話がね」

井上検事は珍しく迂遠《うえん》な言い回しする。

「ねえ。今回の裁判で、あなたたちにとって一番最悪な証拠ってなに？」

まったく予想だにしない疑問を持ちかけてくる。

「そりゃもちろん、榊原の自宅から見つかった脅迫状だろ」

躊躇《ちゆうちよ》なく阿武隈が答える。

「そうですね。あの脅迫状が出てきたせいで、僕たちは警察の手落ちを主張できなくなりました。それどころか殺人の動機にもなってしまいましたし」

井上検事は、周囲に誰もいないにもかかわらず、僕たちに顔を寄せてさらに声を潜めた。

「それが捏造《ねつぞう》だって言ったらどうする？」

僕は耳を疑った。

井上検事の言葉を理解するのに、数秒必要だったぐらいだ。

捏造？　阿武隈の口から聞かされるならいい。だけど、よりにもよって井上検事の口からその単語が出るとは思いもしなかった。

「待ってください、それどういうことです？　まさか……」

「そうよ。あれは捏造。朱鷺川検事が自分のパソコンで打った文書を、榊原被告の自宅にこっそり置いておいたんでしょ」

頭がふらつくのを感じた。天と地がひっくり返ったような気分だった。

「待ってください、検察がそんなことをしたって言うんですか⁉　証拠の捏造って犯罪ですよ⁉」

「落ち着け本多。別に珍しいことじゃないだろ、俺なんてしょっちゅう……いや冗談だ冗談、井上検事、そんなに俺を睨みなさんな」

「二人ともなんでそんなに落ち着いていられるんですか⁉　人を罪で裁く検察官が証拠を捏造してたなんて、大問題ですよ⁉」

「あのなあ、歴史を紐解《ひもと》きゃサツどもの証拠捏造の記録なんて山ほどあるんだ。今更珍しくもねえよ。それより井上検事、なんで捏造だなんて分かったんだ？」

「脅迫状と同じ文面のワードファイルが、朱鷺川検事の持ってたＵＳＢメモリに入っていたの。削除はしてあったけど、たまたまファイル復旧ソフトで見つけちゃったのよ」

「ぐ、偶然では？」

僕は未《いま》だ信じられず、質問を重ねた。

「証拠の資料として、脅迫状と同じ文面のワードファイルを作っただけとか」

「文面をコピーするならスキャンでもメモでもなんでもいいでしょう。フォントや字の位置までまったく同じ文面を、一から自分の手で打つ必要がどこにあるの？　仮に予備を作っておく必要があったとしても、そんな雑事は補佐のわたしに頼むことでしょ」

朱鷺川検事の傍《そば》で仕事をしてきたらしい彼女にそこまで強く主張されると、いよいよ否定はできなくなった。

「それに、あなたも証拠リストは見ているでしょう？　殺された一ノ瀬のパソコンからは、脅迫状を打ったワードファイルが見つかってないの。わたしも削除しただけって考えたけど、多分もとからなかったのよ」

僕は衝撃を受け続けていた。

証拠の捏造。確かに、司法の歴史を紐解けば珍しいことではない。だけど、そんなことが本当に行われるなんて。いや、すぐ傍に阿武隈という悪い見本はあるけど。

「いい機会だ。阿武隈先生の証拠捏造講座を始めてやろう」

阿武隈が奇妙なことを口走り始めた。

「おまえさんたち二人の新人にいいことを教えてやろう。いいか、証拠捏造の基本は、それがあってもまったくおかしくない証拠を捏造することだ」

多分、僕と井上検事は、二人そろってポカンとしていたと思う。

「分かるか？　その証拠はあっても自然、だがなくても自然。そういう証拠を捏造すればバレにくい。二人ともこの業界で生きていくなら知っておくんだな」

「……この世で一番知らなくてもいい知識って感じね」

「バカもん、捏造の基本を侮るな。捏造を知らずに捏造が見破れるか」

多分僕と井上検事は、似たような衝撃を受けたに違いなかった。

「く、悔しいけど説得力を感じたわ」

「僕もです……」

「なんだったら証拠捏造の応用編もあるけど聞くか？　あ、いやこれはダメだな、現役検事には聞かせられねえ」

「念のため聞いておくけど、あなた実践してないでしょうね？　逮捕するわよ？」

「おお怖い怖い。大丈夫さ、やるとしても絶対バレないようにやるから」

「ねえ、本多。このクソ弁護士を逮捕したらあなた証人になってくれる？」

「やめとけ。そのときは本多を俺の弁護士にするだけだ、すると守秘義務で俺の不利になることは証言できなくなる。本多が俺にどれだけ貸しがあると思ってる？」

冗談めかして言う。ひどい会話だったが、おかげで少し僕も落ち着いてきた。

「まあいい、話を戻そう、朱鷺川検事の捏造はまさにベテランの技だな。ストーカー防止法に引っかかってた男の脅迫状なんて、たとえあったとしても誰も疑わないだろ？　実際、俺たちがそうだった。これほど存在を疑えない証拠を捏造するとは、さすが刑事部出身のやり手検事は違うな。俺も〝悪魔の弁護人〟なんて呼ばれてるが、悪魔の二つ名はあいつに譲るべきかな」

「同感です」

「称賛してる場合じゃないでしょう。どうにかして証拠を捏造していることを証明しないと……」

「んなもん簡単だ。俺たちの井上先生に証言してもらおう」

「言っとくけど、それだけはやらないから。なんと言われようとわたしは検事なの。そりゃ捏造なんて見過ごせないからあなたたちには伝えたけど、わたしは検察庁の人間である以上、あなたたちの味方にはなれないわ」

「だってさ。本多、諦めよう。こうなったら捏造の立証は多分無理だ」

「え、そんな！　阿武隈さんにしては諦めが良すぎじゃないですか⁉」

「無理なものは無理だ。素人の捏造ならともかく、プロの捏造はそう簡単に見抜けるもんじゃない。多分、井上検事が味方に付いて証言してくれたとしても無理だ。俺たちは彼女の弟を無罪にしてやった過去があるからな。井上検事がそのことに恩を感じてウソの証言をしてると言われるのがオチさ」

ありそうな話だった。

「でも待ってください、以前聞いたことがあります。文字を印刷するときってプリンタを使うじゃないですか。プリンタって機種によってクセがつくそうです。一ノ瀬さんが持っていたプリンタと、検察庁にあるプリンタを比べるというのは？」

「あのねえ。殺された一ノ瀬の部屋にあったパソコンもプリンタも、わたしたちが押収してるのよ？　同じものを使って印刷したに決まってるわ」

「俺もそう思うね。本多、相手は刑事部にいたベテラン検事だ、新人の付け焼き刃が通じるとは思わない方がいい」

「そんな！　じゃあ一体どうすれば……？」

「だからどうしようもねえんだよ、検察のやり方が上手だったと褒めて終わりだ。俺たちは俺たちのやれることをやる。それだけだ」

「それじゃ、検察側の捏造証拠を認めろって言うんですか!?　そんな、理不尽にもほどがありますよ！」

「俺と組んで弁護活動してるヤツのセリフじゃないけどな」

　確かにそう言われるとぐうの音も出なかった。僕たちも証拠の捏造によって依頼人を無罪にしたことがあるのは事実なのだ。だけど、あれは依頼人が無実だという確信が、他に犯人がいるという確信があったからこそ――。

　そこまで考えたところで、僕は絶望しかけた。朱鷺川検事だって同じことを考えていたかもしれないと思ったのだ。朱鷺川検事は、榊原さんが真犯人だと確信していたとしたら？　罪人を裁くため、やむなく証拠を捏造したのだとしたら？

　同じ穴のムジナ。そんな言葉が僕の脳裏をよぎった。

「とにかく井上検事、貴重な情報ありがとよ。おかげで助かった、礼を言うぜ」

「あなたにお礼を言われるとは珍しいわね。でも気にしないでいいわ、話を聞いた限り結局なにも対策できないんでしょ？」

「いや、そうでもない。弁護士になったばかりのド新人に、法曹《ほうそう》業界の真実を教えてやれたんだ。これほど貴重な情報もないさ。筆下ろししてくれたようなもんだ」

「セクハラで訴えていい？　いいわよね、今の発言ってどう聞いてもセクハラよね？」

ひどい会話をしている。でもおかげで、僕もだいぶ冷静になれた気がした。

「分かりました、認めましょう。脅迫状は捏造されたもの。その上で、どう弁護していくかということですね」

「ようやく悟ったか。ま、安心しろ。幸い手がないわけじゃない。さっきも言ったが、この事件にはまだ追及する余地がある。例の購入履歴とかな」

「ちょっとあなたたち。そういう大事な話は、検事のわたしがいないところでするべきじゃない？」

言われてハッとした。確かにその通りだ。でも、今更という気がした。

「井上検事は別にここで聞いたことを朱鷺川検事にしゃべったりしないでしょう？　僕はそう信じてます」

「珍しく意見があったな。同感だ、検察の捏造情報を流すようなヤツが、今更俺たちの作戦バラすとは思えねえよ」

井上検事の反応は、なかなか見たことがないものだった。

照れたのだ。顔を赤くしてそっぽを向いた。

「見損なわないで。大体ね、朱鷺川検事は証拠を捏造してたみたいだけど、だからといってあなたたちの依頼人が無罪だとは限らないわ。他の証拠はしっかりしてるし、殺意があったかどうかは別としても、人を殺していた可能性は充分にあるわ。あなただってそう思ったからこそ、酒井に自首させたり黙秘させたり色々したんでしょ？」

「痛いところを突かれたな」

阿武隈は珍しく苦笑した。

「そうだ、それよりせっかくだから一つ教えてくれないか？　警察に通報したっつーあの三井《みつい》って証人いただろ？　あいつは一体何者なんだ？」

「三井？　どういうことよ？　あなたも素性については証人尋問は聞いたでしょう？」

「いや、証人の中であいつだけ違和感を覚えたんだよな。一人目の目撃者の鈴木なんて、殺人事件の現場に遭遇してへたりこんで悲鳴上げまくったんだろ？　あれが普通の反応だ。ところが三井だけは違う」

僕もいつまでもクヨクヨしている場合ではない。阿武隈に倣って前向きに事件に取り組むべきだった。

「そうですね。二人目の目撃者の渡邉《わたなべ》さんは、真っ先に怪我人《けがにん》の治療をしたそうですが、お医者さんという立場を考えれば自然です。でも三人目の三井さんだけは現場に到着して冷静に警察に連絡して、おまけに野次馬《やじうま》が現場に入らないよう管理してたって話でしたし」

「そういうこった。あいつだけ反応がおかしいんだよ。かといって別に真犯人ってわけじゃないだろうし」

「いいカンしてるわね。でも悪いけど、それについては答えられないわ。別にあなたたちと敵同士だからってわけじゃないわ。三井とは取引してるから」

「え、取引⁉　司法取引ってことですか⁉」

「いいえ、そんな正式なものじゃないわ。もうちょっと簡単な口約束よ。ま、検事の口約束って結構重いけど」

わけが分からない。司法取引未満の取引というものが、度々行われてきたことは知っている。だけど、ただの通報者である三井と、検察が一体どんな取引をする必要があるというのか？

「なるほど、そういうことか。ようやく納得したぜ」

僕にはさっぱり分からなかったが、阿武隈には分かったらしい。

「どういうことです？　一体どう納得したんですか？」

「この事件でずっと疑問だったことがあったのさ。榊原は一ノ瀬から逃げるためにホテル暮らしと料理教室通いをしてた。にもかかわらず、なんで一ノ瀬はその帰り道で待ち伏せできたんだ？　ってな」

「ああ、確かにそれは謎ではありますけど。でも、一ノ瀬は、榊原さんの勤め先は知ってたんでしょう？　その途上で待ち伏せしていたとか、考えられる理由はあると思いますけど」

「警察から警告受けてたストーカーがか？　大体、榊原が料理教室に通ってたことは知らなかったはずだろ？」

「そ、そういえば……」

「それに、ストーカーに追われてた女が裏道を通るなんて考えないだろ？　俺がストーカーだったら、病院と駅を繋《つな》ぐ表通りの方を見張るね。ま、人通りが多いから手は出せないだろうが。そう考えていけば、三井の正体と取引の秘密も分かるってもんだ」

さっぱり分からない。三井の正体も、検察と取引したという理由すらも分からなかった。

「本多、答えを知りたかったら三井に連絡を取ってくれ。今晩キャバクラでもどうですかと誘うんだ。断ったら法廷に引き出して正体をバラすぞと付け加えろ、一〇〇%出てくるから」

「……分かりました」

信じられなかった。裁判所で会ったことしかない弁護士から「今晩キャバクラでもご一緒に」と誘われれば、よほどキャバクラが好きという人でもまず断るだろう。

そして結果的に、阿武隈の予言通りとなった。

まず僕は電話で三井に連絡を取り、今晩キャバクラで話がしたいと伝えた。

『そんな誘いに乗る必要はどこにもないと思いますが』

三井は静かな声で、予想通りの返答をした。やむを得ず、僕は阿武隈から言われた通りの対応をする。

「もし断るのでしたら明日の法廷で証言台に立ってもらいます。そのときあなたの正体にも言及することになるでしょう」

反応はすさまじかった。

『分かりました。どこの店ですか？』

三井の態度は、一瞬で一八〇度変わったのである。

3

僕と阿武隈は、キャバクラ〝ルッツ〟で三井が来るのを待っていた。なぜかラーメンの出前を食べながら。

「ねえ、阿武隈さん」

「ん？　なんだよ？」

ラーメンをすすりながら、僕は阿武隈に訊かずにはいられなかった。

「なんでキャバクラ来て出前で晩ご飯食べてるんですか？」

「いいじゃねえか、この時間帯なら店にもほとんど客来てねえし。キャバクラで飯食おうとすると高くつくしな」

「そりゃそうですけど。でもはた迷惑な……」

午後六時前後にキャバクラに来る客はまだそれほどいない。ただ、それでも皆無ではないし、やはりここでラーメンを食べているのは異様だと思う。

「あ、阿武隈先生。ちょうどいいところに」

そのときやってきたのは、恐らくこの店で唯一僕たちにまともに相手してくれる真里《まり》さんだった。

「これこれ。頼まれてたもの、届いたわよ」

「おう、悪いな」

真里さんから阿武隈に怪しげな紙袋が手渡される。

「指紋は付けてないだろうな？」

「多分大丈夫だと思うけど。一応ジップロックに入れておいたわ」

「ジップロック？　なんだそりゃ」

「知らないの⁉　食べ物を密閉保存するのに便利なチャック付のビニールよ」

「ああ、あれか。なら大丈夫だろ」

指紋だのなんだの、妙に嫌な会話が目の前で繰り広げられる。

「じゃあ、確かに渡しましたから」

「おおい、もう行くのか？　せっかく来たんだからお茶の一杯ぐらい出していってくれよ」

「なにが悲しくて店で出前頼んでる文無しのお客さんのお世話をしないといけないんですか？　御用があればいつでもご指名をどうぞ」

ニッコリ笑顔で正論を吐くと、スタスタと去ってしまう。

「ちっ。用心棒にあんな態度とはひどい店だよなぁ、本多」

「僕に振られても。それより、なんですかその紙袋」

「ああ、おまえさんも見ておいた方がいいだろうな」

阿武隈が紙袋から、今度はビニール袋——正確にはジップロックだ——に包まれた黒い物体を取り出した。

「それは……スタンガンですか⁉」

「そう、正確な製品名はHE120BLっつーんだ」

その製品名には聞覚えがあった。

「それって、確かストーカーの一ノ瀬がクレジットカードで買ってたスタンガンですよね？　なんでそんなものを？」

「いや、こいつを朱鷺川検事にぶち込んでやれないかと思ってな。よくも証拠を捏造しやがったなこの野郎っつって」

「それができたら確かに楽しそうですけど。でも多分傷害罪で逮捕されますよ？」

「そりゃそうだ。ま、どっちにしろ現物がある方が多分審理はやりやすくなるだろ？」

なるほど、と思った。あなたは現場でスタンガンを見ませんでしたか、こんなスタンガンです——と実物を示せれば、より記憶を喚起しやすいかもしれない。

ただ、疑問も湧いた。すると先ほどの真里さんとの会話の意味が分からない。なぜ阿武隈は、指紋が付いていないか真里さんに確認したのだろう？

「一三番テーブルのお客さま、お通しします！」

そのとき、ボーイの無駄に元気な声が響き渡った。

一三番。その不吉な番号は、僕たちのテーブル番号だ。このテーブルへの客は、今夜はもう一人しかいない。

間もなく僕たちの前に現れたのは、三井だ。証言台に立ったときと同じ印象を受ける。普通のサラリーマンで、きちっとスーツを着こなし、ごく自然な動作で歩く。

だけど、阿武隈の話を聞いて僕も偏見を持ってしまったのか、逆に怪しいと思ってしまう。彼は今、裁判所で顔を合わせただけの弁護士に呼び出され、キャバクラに来ているのだ。にもかかわらずまったく動揺がない。あまりに普通過ぎるのだ。

「よくきたな、まあ座ってくれ。酒も入れとくか？」

「いいえ、座って話ができれば充分でしょう。それより本題に入ってもらえませんか」

さすがに長居するつもりはないらしい。

「いいだろう、単刀直入に進めよう。ヒントは出揃《でそろ》ってる。考えてみりゃ最初からおかしな話だったのさ。本多、ストーカーの一ノ瀬は、殺されたときなにを持ち歩いてた？」

「え？　スタンガン……あと、ロープや粘着テープも持ち歩いてたとか」

「そうだ。しかも一ノ瀬は警察からストーカー行為について警告を出されてた。警察も榊原の勤め先周辺の警戒を強めるって言ってたんだろ？　そんな状況で、ストーカーが道端で突っ立ってられると思うか？」

「確かに、常識的に考えれば普通はやりません。けど、追い詰められたストーカーならやるんじゃ……？」

「あるいはそうかもな。だが職務質問されたら一発で逮捕されそうな品を持ったまま、たまたま榊原が通る裏道で待ち伏せできたなんざ偶然が過ぎる。ところがこの状況を簡単に解決する方法があるのさ。三井さんよ、おまえさんの本業は探偵だろ？　一ノ瀬に榊原の帰宅ルートを教えたのはおまえさんだろ」

「ああ！　そういうことか！」

一ノ瀬がいくら熱心なストーカーとは言え、警察にマークされながら榊原さんの帰り道を調べ上げ、待ち伏せるというのは簡単なことではない。僕がストーカーだったらどうするか？　簡単だ、探偵を雇って榊原さんが毎日どういうルートを通っているか調べてもらえばいい。実際、そういうニュースを見た覚えもある。

「でも、それがなぜ三井さんだと分かったんですか？　探偵がいるとしても、証人として喚問されていない別の人物かもしれませんよ？」

「ああ、もっともな疑問だ。だがな、その答えはさっきもらっただろ？　三井さんよ、おまえさん、サツどもと取引したんだってな？」

「あ……」

井上検事の言葉を思い出す。三井とは、取引をしたと。

「そうか、分かりました。殺人事件なんだし、警察もその気になれば一ノ瀬さんが探偵を雇ったか、それが誰だったかぐらいすぐ分かるはず。メールでも通話履歴からでもなんでも……」

「そういうこった。恐らくこういう流れさ。事件があったあの日、おまえさんは一ノ瀬に榊原の帰宅ルートを教えたんだろう。ここから先は推測混じりだが、おまえさんは一ノ瀬がなんのために帰宅ルートを知りたがっていたのか不審に思ったんじゃないか？　だから現場周辺にいたんだ。そして案の定、一ノ瀬絡みの殺人事件が発生した。その瞬間から、おまえさんはサツどもに協力することにしたんだろ。なんでもしゃべるからストーカーに手を貸していたことは見逃してくれってな」

榊原さんの帰宅ルートに一ノ瀬が待ち伏せすることができた理由は、それで説明がつく。

阿武隈の指摘を聞いた三井は、しばらく黙り込んだ後、体勢を崩した。大きくため息を吐《つ》きながらソファーにもたれかかる。

「やれやれ、せっかく検察とはうまく話がついたものを。取引のことさえ勘付かれなければバレないと思っていたが、一体どうやって聞きつけた？」

まさか、検事に教えてもらったとは彼も思わないだろう。

「ま、そこは守秘義務があるんでな。つまり認めるんだな？　おまえさんは探偵だと」

「そうだ。雇われの身だから、サラリーマンには違いないがな」

証言台でウソは言っていないと、そう言いたいらしい。

「それで？　真実を見抜いた弁護士先生が、私に一体なんの用だ？」

「知ってることを話せ。すべてだ。さもないと裁判で言うぞ、おまえさんの探偵稼業のせいでこの事件が起きたとな。検察とどう取引したかは知らんが、俺たちには関係ないことだからな」

「ならば私と取引してくれ。洗いざらい話す代わりに、裁判に引っ張り出さないと約束して欲しい。私は金のためならなんでもするが、ストーカーを手助けした探偵などと喧伝《けんでん》されるのも気分がよくない」

とんでもない探偵だった。金のためならなんでもやるなんて、なかなか耳にできる台詞《せりふ》ではない。

「いい心がけだ。交渉はおまえさんの態度次第だな。知ってることさえ全部吐けば前向きに考えてやる」

「やむを得んな。おまえの言った通りだ。私は一ノ瀬から、榊原の帰宅ルートを調べるよう依頼されていた。世話になった看護師だからお礼がしたいとか、一応はそんな建前だったんだがな」

「依頼があったのはいつだ？」

「六月二七日だな。夕方ごろ、金はいくらでも払うから急ぎで、という依頼が来たからよく覚えてる」

「二七日!? 僕と榊原さんがストーカー対策のため警察署へ行った翌日ですよ!?」

「つまり一ノ瀬は警察から警告を喰《く》らったその日のうちに、探偵を雇ったってわけか。ストーカーらしい行動力だな。で、それからどうした？」

「仕事に見合う前払い金はもらっていたからな。その日から早速榊原という女の勤務場所に張り込んで尾行した」

　この探偵はやり手なのかもしれない。榊原さんはストーカー被害にあって多少は警戒していたはずだ。だけど彼女から、誰かに尾行されているなんて話は一度も出てこなかった。

「榊原の帰宅時間が午後七時ごろだというのはその日のうちに分かった。帰りに料理教室に通い、自宅ではなくビジネスホテルに泊まっていることもな」

「ということは、事件のあった三〇日には一ノ瀬に中間報告でもしたわけだな？」

「そうだ。なにか分かれば報告はすぐにと要望されていたからな。三〇日の昼過ぎには喫茶店で一ノ瀬と合流して、榊原の帰宅ルートや病院から料理教室へ通う道も全部教えた」

「午後七時までには解散したんだろ？　榊原の帰宅時間に間に合うようにな」

「その通りだ。私は喫茶店に残っていたが、一ノ瀬の態度はどう見ても榊原に友好的という感じじゃなかった。万が一のことがあれば私の立場的にまずいなと思って後を追ったんだ。あとは分かるだろう？　悲鳴が聞こえたから慌てて向かったら、一ノ瀬は首を切られて医者に介抱されているし、榊原は地面に倒れてる。見知らぬ男が血塗《ちまみ》れの包丁を持ち、やはり見知らぬ女が悲鳴を上げながら地面にへたりこんでいた。その光景を見た瞬間に悟ったよ。一ノ瀬が榊原を襲い、返り討ちにでもあったんだろうなと」

「裁判で証言した通りってことですか。その後、あなたは警察に通報したんですよね？」

「そう。あとはおまえたちの推測通りだ。警察が一ノ瀬のメールや電話の履歴を調べれば、私との関係はすぐバレる。こうなった以上、警察に積極的に協力する代わりに見逃してもらうしかないと考えたんだ」

「警察とどんな取引をした？」

「私は探偵だ、本来なら客との間には守秘義務がある。だが一ノ瀬との守秘義務については破棄して知ってることをすべて話す。その代わり、ストーカーに協力してた件は見逃してもらう。それだけだ」

「本当にそれだけか？　なにか証言を偽造したりしてないだろうな？」

「そんな危険な橋は渡らないな。そもそもあの取引にはちょっとしたカラクリがある。事件が起こった直後、私はさも事件のすべてを知ってると言いたげな態度で取引したんだが、実は大したことは知らなかった。分かるだろう？　私は榊原の帰宅ルートを調べて、事件現場に居合わせただけだからな」

「なるほどな。自分を高く売りつけて取引させたってわけか。嫌いじゃないぜ、そういうの」

阿武隈の評価基準はつくづく分からない。

「では、あなたが裁判で証言したことはすべて真実なんですね？」

僕も念のため確認する。

「そうだ。悲鳴に釣られて現場にいったときにはすでに事後だった。私は警察が来るまで現場を確保し続けただけだ」

「ならちょうどいい。ひとつ聞きたいんだが、事件現場に居合わせたとき、スタンガンを見かけなかったか？」

意外な単語が飛び出てきたからだろう、三井は表情こそ変えなかったが不思議そうに首を傾《かし》げた。

「スタンガン？　いや、見ていないな。そんなもの現場には落ちていなかった。間違いない」

「なぜそう言い切れる？　おまえさんに警察以上の捜査能力があったとは思えないし、現場は暗かったはずだ。見落としていた可能性は？」

「ないな。私は探偵だ、一つ特技があってな。一度目にした光景を忘れることはない」

阿武隈は笑った。

「おいおい、なんだよその使い古された特技。マンガでももっと斬新な設定にするだろ」

「阿武隈さんが言えることでもないと思いますが」

「おまえたちがどう思うかは自由だが、そのおかげで探偵業をやってこれたのも事実だからな。それにスタンガンの有無にこだわる理由も分からなくはない」

「なぜですか？」

「私は一ノ瀬という男と何度も接しているが、あの男は周到な方だろう。なにせ私のような探偵を雇うぐらいだからな。ロープに粘着テープまで用意してたなら、スタンガンぐらい用意してたとしても不思議じゃない」

「じゃあなんで現場からは出てこない？　警察が隠したのか？」

「さあな、それは分からない。そもそも、私が現場にいたときはすでに五人も先客がいたんだ。誰かがなにかを隠していたとすれば、私に分かるわけがない」

「なるほど。そりゃもっともだ」

「僕も一つだけ訊かせてもらっていいですか」

阿武隈の疑問が一区切りついたようなので、僕はすかさず疑問を投げかけた。

「あなたが一ノ瀬さんに榊原さんの帰宅ルートを教えたがために、今回の事件は発生したとも言えるんです。そのことについてはどうお考えですか」

我ながら意地が悪いと思った。実際、彼も気を悪くしたのか、冷たい視線を向けられる。

「言っただろう、私は看護してくれた人にお礼がしたいから帰り道を調べて欲しいと依頼され、前金を支払ってもらったんだ。あとは淡々とこなす以外にない。おまえたち弁護士だって同じだろう？　無実だから弁護してくださいと依頼されれば、真実はどうあれ無罪にすべく弁護するしかないんだろう？」

その通りだったので、一言も反論できなかった。

「信じてくれなくてもいいが、私も本心では申し訳ないと思っている。だが、これだけは言っておこう。私は金さえ積まれればなんでもやる。言っておくが、榊原という女性の味方になることだってできたんだ。彼女がストーカーを追っ払って欲しいと私に依頼さえしてくれればな。今回は一ノ瀬に雇われた。それだけの話だ」

「いいね、そういう考え方は嫌いじゃない」

阿武隈はまた笑った。どうやらよほど波長が合うらしい。実際、弁護士だって似たようなことをしているのは確かなのだ。

「分かりました。僕も言葉が過ぎたようです。謝罪します」

「潔いな。まあいい、この件についてはお互い触れても意味はないだろう。他になにか質問は？」

「いや、特にない。とりあえず今日のところは帰っていいぞ」

「では取引は成立ということでいいな？　明日以降の裁判も、私の素性については触れないように頼む」

「ま、その点についてはおまえさん次第だ。さっきも言っただろ、前向きに考えてやるよ」

阿武隈の発言は、相手の弱みを握って脅迫している人のそれだった。

「そうか。ところでこんなこともあろうかと、私もさっきあるものを拾っておいた。これは燃やしてしまって構わないか？」

三井は突然懐から長い黒財布を取り出し。

「ん？　おいまさかそれ、げ、俺のじゃねえか！」

阿武隈は背広の中をまさぐると、珍しく慌てた顔になった。

「一体どうやった⁉　ずっと座ってただけだろう！」

「記憶力と器用さだけには自信があるんでな。念のためだ、私の素性を明かさない旨、念書にして署名して欲しい」

とんでもなく慎重な探偵だった。さすが、警察にすぐに取引を申し出ただけのことはある。

「はっはっは、いいだろう。おまえさんの勝ちだ。本多、一筆書いてやれ。俺もサインしてやるから」

「はあ、分かりました」

僕はノートを一枚切り取ると、三井の素性について決して明かさない旨をしたため、阿武隈とともにサインして三井に手渡した。

「確かに。財布は返そう。それにしても使い込んだ財布だな」

「ほっとけ。それよりせっかくだ、名刺でもくれ。おまえさんが気に入った、有能な探偵ならいくらでも利用価値はあるからな」

「仕事の依頼ならいつでも歓迎する。金さえ払うならな」

最後に三井は二枚の名刺を机に放り出すと、挨拶もなしに店を出て行ってしまった。

「変わった探偵ですね……」

「いいじゃねえか、ああいう変わり者の方が俺は好きだね。しかも肝っ玉が据わってるぜ。俺は動揺してる相手のウソが分かると言っただろ？　だがあいつは分からなかった。俺に正体突き止められても、サツどもとの取引のことに触れても、最後までまったく動揺しやがらなかった。面白いヤツだ」

「阿武隈さんがそこまで人を褒めるなんて珍しいですね。でも、どうします？　せっかく新しい情報が入ったと思いましたが、結局なにも進展してません」

「いいや、そんなことはない。喜べ本多、これで俺たちの勝利は確定さ」

「はああああああああああ⁉」

まったくいつも、この人は分からない。

「一体なぜこの段階で勝利が確定するんですか⁉　さっぱり分かりませんよ！」

「ヒントはとっくに出揃ってるんだがな。もっとも、犯人をあぶり出すにはまだ一つ手順を踏む必要がある。せっかくだ、金を払えばなんでもやるってさっきの探偵に一仕事投げてみるとしよう。朱鷺川検事のやり口を知った今なら遠慮《えんりよ》はいらないだろうしな」

分からない。本当に分からない。

僕はそれからずっと事件の真相について考え続けたが、なにをどう考慮しても、犯人はもちろん勝利が確定した意味も分からなかった、

第六章

失われた正義

1

「それでは本日より被告側による証拠調べを行います。弁護人、お願いします」

裁判長の声が法廷に響き渡り、僕たちの反撃が始まった。

「ではまず、事件を捜査した長瀬《ながせ》警部を喚問します」

最初に阿武隈《あぶくま》が証言台に立たせたのは、警視庁第一課強行犯係の長瀬警部である。

一体阿武隈は、どのような真実にどうやって辿り着いたのか。これからそのすべてが明らかにされるのだ。阿武隈のことがどれだけ嫌いであっても、期待せずにはいられなかった。

「長瀬警部。あなたはこの事件の捜査を主導した立場にありますね？」

「ええ、そういうことになります」

「あなた方は、殺された一ノ瀬《いちのせ》さんの所持品について調べましたね？」

「もちろんです」

「一ノ瀬さんは殺された当時、粘着テープやロープを所持していたそうですね？」

「ええ」

「その粘着テープやロープはいつ購入されたか調べましたか？」

「六月二八日に近所のホームセンターで購入していたことが分かっています」

「その日は、一ノ瀬さんがストーカー行為について警察から警告を受けたとされる日です。では一ノ瀬さんが、同じ日にオンラインショップでスタンガンを購入していたことをご存じですか？」

「え？　ええ、確かに買ってはいたようです」

突然そのことを突きつけられたからだろう。長瀬警部は少し動揺したように見えた。

そして、対照的に法廷はわずかにどよめいた。僕たちがついにスタンガンというものの存在に触れたからだ。それは事件発生当時、榊原《さかきばら》さんが気絶していたことを補完する証拠となる。

「ではそのスタンガンがＨＥ１２０ＢＬという機種であったことをご存じですか？」

露骨な誘導尋問だが、尋問短縮のためだし、彼は僕たちにとって敵性証人だ。朱鷺川《ときがわ》検事も異議は申し立てなかった。

「ええ、確かにそんな機種だったと思います。メモ帳を見ることが許されるのでしたらすぐ分かると思いますが」

「では、あなた方はこの事件にスタンガンが使用されたと考えたことはありますか？」

「い、いいえ」

「多くの証人がこう証言していることはご存じですね？　事件現場では、被告人は意識を失い倒れていたと」

「待ってください、それはおかしいでしょう。被告人が意識を失っていたとは立証されていなかったはずですが」

「なるほどその通りです。ですが、被告人が事件現場に倒れていたのは事実ですね？」

「ええ」

「ならこう考えてもいいのではないでしょうか？　被告人は一ノ瀬さんに待ち伏せされた際、スタンガンを使用され、意識を失い倒れていたと。当然、倒れていた被告人に殺人を行うことは不可能だったとね」

法廷はわずかにどよめいた。被告人が意識を失っていたがゆえに、殺人は不可能だった――とは僕たちの従来の主張だ。物証を伴う形であらためてそれが示されることにはかなりのインパクトがあったらしい。

「いえ、その主張は通らないと思います」

だが長瀬警部は法廷の空気を一刀両断するように、力強く断言した。

「ではその理由を述べていただけますか？」

「理由は二つあります。まず徹底的な捜査があったにもかかわらず、現場からスタンガンが見つかっていないからです」

「ですが現場を捜索した鑑識《かんしき》の清水《しみず》巡査部長はこう証言しました。警察が現場を封鎖する前に、何者かが現場に立ち入りなんらかの証拠を持ち出した可能性を否定できないと」

「ええ、その判断は裁判員に委ねるしかありません。ですが被告人がスタンガンで気絶していたことを否定する理由はもう一つあります。そもそもスタンガンで人が気絶するというのはウソです。スタンガンは人を痺《しび》れさせることはあっても、その性質上気絶はしません」

「なるほど。あなたはスタンガンの専門家かなにかですか？」

「い、いいえ。ですが職務上、いわゆる自己防衛グッズについてはそれなりに造詣があるつもりですが」

「質問を理解されていないようなのでもう一度聞きます。あなたはスタンガンの専門家ですか？　ここは裁判所であり、あなたはイエスかノーで答える義務があることをお伝えしておきましょう」

阿武隈は有無を言わさなかった。

「そう言われると、ノーと言わざるを得ませんが」

「では、専門外のことに口を出すのはご遠慮《えんりょ》いただきたいですね。次にスタンガンの専門家を喚問する予定ですので、この証人への質問は以上です。反対尋問をどうぞ」

「……反対尋問は特にありません」

朱鷺川検事は特に反対尋問しなかった。反対尋問するとすれば、次の証人なのだろう。

◆

次に僕たちが呼んだ証人は、三〇代半ばの男性である。この裁判が始まる前、スタンガンに焦点を当てると決めたとき、僕が探してきた証人だ。

「あなたの名前とご職業をお願いします」

「新藤信彦《しんどうのぶひこ》と申します。防犯グッズのショップの店長をしています。店名も言っていいんでしょうかね？〝セルフ・ディフェンス・グッズショップ〟って言うんですが」

新藤という証人は嬉《うれ》しそうに店の名前を口にした。確かに全国の注目が集まった裁判ではあるものの、証言台で行う宣伝にそれほど効果があるとも思えないけど。

「あなたはスタンガンの専門家ですか？」

「ええ、そう言っても構わないと思います。多くのスタンガンを販売してきましたし、効果を調べるために自分の体で試したりしましたから」

「ご自分に使用されたわけですか？」

「ええ。スタンガンには宣伝ほど大した効果のないものもあります。いざというときの自衛グッズがそんな有様じゃ困るじゃないですか。自分で効果を実証したものを売りたいと思いまして」

「では次に。ですが被害者の一ノ瀬さんは、ロープや粘着テープは事件直前に近くの店で購入していますか。ですがスタンガンのみはオンラインショップで購入していました。なぜだと思いますか？」

「異議あり！　誘導的です！」

「では質問を変えましょう。通常の店舗ではなく、オンラインショップでスタンガンを買うメリットというのはありますか？」

「二つ考えられます。一つはまずスタンガンを売っている店が限られていること。もう一つは、スタンガンを購入する際にはまず間違いなく身分証の提示が求められるからです。年齢確認のためなんですが、本名から住所まで記録されることも多いですから、面倒だからネットで購入される方は多いですね」

「では、一ノ瀬さんが買ったスタンガン、ＨＥ１２０ＢＬという機種について教えてください」

「かなり新しい商品です。電圧一二〇万ボルトを謳《うた》ったスタンガンです」

「そのスタンガンを使用した場合、相手は気絶しますか？」

「状況次第です。まずスタンガンは、基本的に人を気絶させません」

証人は断言し、法廷はどよめいた。僕たちが呼んだ証人なのに、スタンガンによる気絶を否定したからだ。

「なぜ気絶しないのですか？」

「ええとですね。理科の授業などで体験された方も多いと思いますが、あらゆる導体には電気抵抗といって、電流の流れを妨げる性質があります。ジュールの法則はご存じでしょうか。導体に電気を通すと、電気抵抗と、電流の強さによって熱が生じます。電気スト－

ブの原理ですね」

急に専門的な話になった。

「重要なのは電気の流れ、つまり電流なんです。ようは電流があって初めて火傷《やけど》や神経網へのダメージ、いわゆる電撃傷が生じるということです。静電気が良い例です、電圧は一万ボルトとか平気で出るんですが、電流が非常に小さいので人体にはほとんど影響がないわけです。スタンガンも電圧は高いんですが、電流が低いことがほとんどです。これはスタンガンが相手を感電死させることを目的としていないからです。人間の体は、微弱な電気信号で動いています。スタンガンは相手の体の電気信号を乱し、一時的に動けなくすることを目的としているんです」

「つまり、スタンガンでは気絶する可能性はゼロでというわけですか？」

「いいえ、そんなことはありません。まず基本的に、人間の体は電気抵抗値が高いので、静電気ぐらいの電圧であれば危険はありません。しかしオームの法則というものがありまして、電圧の高いスタンガンを使用すると、結果的に高い電流が流れることになるので、一時的ながら猛烈な痛みや麻痺《まひ》が生じるのは間違いないんです。人によってはそのショックで気絶する可能性は充分あります。また、一時的に体が麻痺するわけですから、その拍子に頭をぶつけるようなことがあれば、やはり気絶してもおかしくありません」

「ありがとうございます。さて、ここで皆さんに思い出して欲しいことがあります。榊原被告は、額にのみ打撲傷がありました。手や足に傷はないのに額にだけ打撲傷があるのはおかしい、作為的な傷ではないか……と検察は主張してきました。ですが新藤さん。たとえば背後から突然スタンガンを使用された場合、そのまま前のめりに倒れ、額を打って気絶する可能性は充分あるわけですね？」

「ええ、それはあり得ます。私も自分にスタンガンを使ったことがありますが、電気が流れて麻痺すると、あまりの痛みと筋肉の収縮によって、体が意図しない動きをするんですね。その際に額から地面にぶつかるという可能性は充分あり得ると思います。特に、不意打ちで感電させられた場合とそうでない場合を比べると、不意に感電させられた場合の方がショックを受けやすいんですよ」

「つまり、突然後ろからスタンガンを使用されると、さらに気絶の可能性が上がると？」

「ええ。なにしろものすごい衝撃ですからね、心構えができてるときと、できてないときのショックはかなり大きく差があると思います」

「終わります、ありがとうございました」

「反対尋問させていただきます」

朱鷺川検事はなにか考えがあるようで、即座に立ち上がった。

「まず一つだけハッキリさせておきましょう。スタンガンを使用した結果として相手が気絶することはあっても、スタンガンそのものには相手を気絶させる機能はないということですね？」

「ええ、それは間違いありません」

「どれだけ電圧の高いスタンガンであっても、使用状況によっては痛みを感じるだけで終わってしまう可能性の方が高いんですね？」

「その通りです。気絶するよりしない可能性の方が高いのは間違いないと思います」

「では今回の事件で被告人がスタンガンを使用されたとして、都合良く額をぶつけて意識を失うという状況というのはかなりあり得ない状況なのではありませんか？」

僕はすぐさま立ち上がった。

「異議あり！　誤導的な尋問です！」

「認めます」

「では質問を変えましょう」間髪入れずに朱鷺川は続けた。「スタンガンを使用されると、相当な痛みを感じるのは事実ですね？」

「ええ、そうです」

「これは刑事事件でもあった事例なんですが。仮に誰かがスタンガンを使用されたとします。体は一時的に麻痺し、猛烈な痛みが走るものの、意識はしっかり残ることの方が多いのが現実です。その場合、スタンガンを使用した相手に恐怖ないし怒りを覚え、逆に反撃するといった事例があることはご存じですね？」

「それは……ありますね」

「では、たとえばストーカーにスタンガンを使用された女性が、その痛みと恐怖から持っていた包丁を振り回し、相手を殺害してしまうという可能性もあるのではありませんか？」

「異議あり！」

「質問は撤回します、以上で終わります」

僕は叫んだが、裁定が下るより先に朱鷺川検事は引き下がっていた。

「阿武隈さん、今のはまずくないですか。スタンガンが使用されたからこそ事件が起こったって主張されるのは」

「落ち着けよ。そんなの計算の内さ。むしろ都合がいいぐらいだ」

その発言は、とてつもなく僕にとって心強い。だけど、相変わらずなにをするつもりなのかさっぱりで不安も募る。

「弁護人、再主尋問がなければ次の証人をお願いします」

「再主尋問はありませんので次の証人を喚問したいと思います」

裁判長の問いかけに、阿武隈は立ち上がって答えた。

「我々は次の証人として、事件現場にいた渡邊《わたなべ》さん、三井《みつい》さんを順番に喚問する予定ですが、その前に裁判長。五分ほど休憩をいただけませんか。本多《ほんだ》弁護人が腹が痛くなったのでトイレに行きたいと申しておりまして」

「!?」

僕は阿武隈を睨《にら》みつけたくなる衝動をどうにか堪《こら》え、慌てて腹に手を当て腹痛を装った。

阿武隈の言い出したことだ、きっと意味はあるのだろうと信じて。

「……分かりました。では一〇分休憩とします」

裁判長も僕の芝居に不信感はあったのかもしれない。だけど、生理現象から来る要望は、そう無視もできないのだろう。裁判長は少し嫌そうな顔をしつつも許可した。

その瞬間だった。裁判長が休憩を許可したその瞬間。

阿武隈はニヤリと笑い、僕にしか聞こえない小さな声で呟《つぶや》いた。

「よし、これですべての布石は完了だ。あとは三井がヘマを踏まなきゃ俺たちの勝ちは確定したぞ」

「み、三井？」

なぜここで探偵の三井が出てくるのか？　一応昨晩、阿武隈は三井になにか仕事を頼もうという話をしていたのは覚えている。だけど、一体なにを頼んだというのだろうか？

間もなく休憩に入ったことで法廷がざわめき始めると、僕は問いたださずにはいられなかった。

「阿武隈さん。そろそろなにをする気なのか教えてくれませんか？」

「やっぱり聞きたいか？　おまえさんのことだ、全部済むまで知らない方がいいと思うんだがな」

なんだか不安が募る一方だった。

「待ってください、一体なにをするつもりなんですか？　本当に法に触れるようなことはしていないんでしょうね？」

「やれやれ、分かったよ。まあどうせ後で怒られるか今怒られるかの違いだ。俺と組んで仕事してる以上、そろそろおまえさんにも決断してもらう必要があるしな」

あまりに不吉な返答だった。阿武隈は法に触れるのではという僕の言葉を、一度たりとも否定しなかった。

僕はなんとなく察しつつあった。阿武隈は、またなにか違法なことをしようとしているのではと。

◆

僕と阿武隈は法廷を出ると、トイレに行くフリをして非常階段に向かった。東京地裁は人の出入りが結構あり、トイレや通路はいつ人が来てもおかしくない。だけど非常階段だけは別だ。多くの人は移動にエレベーターを使うため、非常階段の踊り場にはなかなか人が来ることもない。

「阿武隈さん、今なら誰もいません。教えてください、一体あなたはなにをしようとしているんですか」

「分かってるさ、そう急《せ》かすな」

さすがにここまで来ると、阿武隈も逃げずに語り始めた。

「実はな、昨晩のうちに三井にあることを頼んでおいたのさ。俺の言うことを一つ訊《き》け、さもないと昨日《きのう》の約束を破棄して探偵であることをバラすぞってな」

「ひ、ひどい」

「ひどくはねえよ。報酬《ほうしゅう》は払うっつったらあいつも承知したしな。それに、これであいつも俺たちもスネに傷を持つ身になる。つまり一蓮托生《いちれんたくしょう》ってわけさ」

「待ってください。じゃあ阿武隈さんは、スネに傷を持つようなことを頼んだってことですか？」

阿武隈は、悪魔のようにニヤリと笑った。

「そうだ。事件現場で一ノ瀬の首を押さえていた渡邊って医者がいただろ？　あいつの鞄《かばん》に、真里《まり》からもらったスタンガンをこっそり突っ込んでおいてくれと頼んだのさ」

その言葉の意味を悟るために、僕は頭をフル回転させなければならなかった。

昨日、阿武隈は確かに真里さんからスタンガンを受け取っていた。一ノ瀬が事件直前に買ったものと同じ、ＨＥ１２０ＢＬというスタンガンだ。

それを渡邊の鞄に忍び込ませた？　一体なぜ？

「分かるか？　この事件は、現場からスタンガンを持っていったヤツが多分真犯人だ。つまり、これで俺たちの勝利は確定――」

阿武隈がそのセリフを言い終えることはなかった。

僕が、その顔面をぶん殴ったからだ。

「いってえなこの野郎。いきなり顔面パンチはねえだろう、現行犯で逮捕するぞ？」

阿武隈は殴られたというのに薄ら笑いさえ浮かべていた。まるで僕がこうすることを予期していたかのように。

「殴られるだけのことをしたからでしょう。あんた……一体なにを考えてるんだ！」

一秒ごとに、僕の怒りは増していた。考えれば考えるほど、頭が熱くなってくる。

「言わないと分からないなら言ってやるよ。真犯人をあぶりだすための証拠を捏造《ねつぞう》してやったのさ」

僕は再び殴ろうとした。だけど今度は予期されていたのか、簡単に回避されてしまう。それどころか逆に僕は右手首をねじり上げられてしまった。阿武隈に拘束されながら、僕は叫び続ける。

「なぜですか⁉　どうしてそんなことを⁉　僕と組む以上、違法なことはしないと約束したはず！」

「バカ言ってんじゃねえ、そんな約束した覚えはないさ。努力する、ぐらいのことは言ったかもしれないがな」

「ふざけるな！　あんた、弁護士として最低のことをしてるんだぞ！」

「最低だと？」

阿武隈は僕の右手首を掴《つか》んだまま、僕の体を壁に押しけた。

「バカかおまえは。なら検察は？　朱鷺川がやったっつー脅迫状の捏造はどうなんだ？

違法なのはおまえさんも分かってる。だが法的に追及する手立てがない以上、黙って見過ごすしかない。朱鷺川の方が俺たちよりよっぽど最低だ、違うか」

「だからって！　僕たちまで同じ最低の行為に手を染める必要はないでしょう！」

「おいおい、勘違いするなよ。最低の弁護士ってのは、依頼人一人守れないヤツのことを言うんだよ。証拠の捏造、結構じゃねえか。それで依頼人を無罪にできるなら、依頼人も俺たちも万々歳だ、そうだろ？」

「違う！　そんなわけない、僕たち弁護士は依頼人を守る義務がある。でもその義務は、法律の範囲内で遂行されるべきだ！」

阿武隈はこれみよがしに大きなため息を吐《つ》くと、僕の拘束を解いた。

「やれやれ。以前のおまえさんならともかく、検察の捏造を知った今でもそんなことが言えるとは、正直呆《あき》れちまうぜ。やっぱりおまえさんには黙ってりゃよかったかな。結果的に無罪を勝ち取りゃ、俺の言うことも分かるんだろうが」

それは、僕をさらに怒らせるに充分なセリフだった。

阿武隈はバレなければなんでも許されるとでも考えているのだろう。あらためて思う。阿武隈の別名、〝悪魔の弁護人〟。なるほどその通りだ。躊躇《ちゅうちょ》なく証拠を捏造するような弁護士など、悪魔以外の形容詞は思いつかない。僕もそのことを知っていたのに、ついつい頼ってしまった。僕は本当に馬鹿だ。

「もういい！　もうたくさんだ！　証拠を捏造する弁護士なんかと手は組めない。あんたとの付き合いはここまでにさせてもらう」

まるで僕の反応を予期していたようだった。阿武隈は憤慨するどころか小さく笑ってすら見せた。

「いいさ、残りの裁判やる手間が省けて結構だ。ただし、もらった金は返さないぜ？」

「金なんかくれてやる。その代わり、二度と僕の前に姿を見せないでください」

「分かったよ、俺の方からわざわざ会いに行くつもりはねえさ。ただし、おまえさんはいつだって会いに来ていいんだぜ？　俺がいる場所は知ってるだろうしな」

二度と会いに行くか、と心の中で誓う。

阿武隈は僕に背を向けて階段を降りようとしたが、一度だけその足を止めて振り返った。

「そうそう、最後にこれだけは言っておくぞ。確かに俺は証拠を捏造した。ただし、よく考えろよ？　なんで俺がそんなことをしたのかをな」

「………」

僕はなにも答えなかった。証拠を捏造した意味など考えたくもなかったからだ。

「じゃ、残りの裁判がんばれよ。なあに、おまえさんにゃすでに必要な知識は教えてやったんだ。おまえさんがその気になりゃ勝つのは難しくないさ」

阿武隈が立ち去るのを、無言で見届ける。

2

僕は一人で法廷に戻った。怒っている様子が傍《はた》から見ても分かるのだろう、傍聴《ぼうちょう》人たちが奇異の視線を向けてくるが、気にしている余裕はなかった。

「あの。お腹《なか》の方は大丈夫ですか?」

すぐ傍《そば》の被告人席に座っていた榊原さんが、僕を気遣ってかそんなことを言った。そうだった。忘れかけていたが、僕のお腹が痛くなったという理由で、裁判は休憩に入っていたのだ。

僕の心境がどうあれ、榊原さんを動揺させるわけにはいかない。僕は無理矢理《むりやり》笑顔を作った。

「ええ、もう大丈夫ですよ」

だけど彼女と目を合わせながらウソを吐くと、本当にお腹が——胃が痛くなってくるのを感じる。これからは僕は一人で彼女を弁護しなければならないのだ。もう阿武隈はいない。僕が僕だけの力で、彼女を無罪にしなければならないのだ。

それでもと、僕は考え続けた。考えるのもシャクだけど、阿武隈は僕と同じようにこの裁判を見聞きして真相に気付いたという。なら僕にも気付けるはずなのだ。

ふと傍聴席に目を向ける。阿武隈が次は医師の渡邊と、探偵の三井を証言台に呼ぶと言ったためだろう、傍聴席の最前列に二人が並んで座っている。渡邊はサラリーマンが使うようなごく普通の鞄を足元に置いていた。あの器用な三井のことだ、その鞄にスタンガンを忍びこませることなど簡単だろう。

三井の表情もそれを裏付けていた。僕と目が合うと、無言で頷《うなず》いてみせたのだ。

「ん？」

不意に、僕はあることに気付いた。

待てよ。そもそも、なぜ阿武隈はあんなことを――一ノ瀬が買ったものと同じスタンガンを、渡邊の鞄に入れようとしていたのか？

いや、理由は分かる。この事件では、スタンガンを持ち去った人物が真犯人である可能性が高い。あのクソ弁護士は、渡邊という医者の鞄にスタンガンを忍び込ませ、真犯人に仕立て上げようとしていたのだ。

問題は――なぜ渡邊でなければならないかだ。

この裁判では多くの証人が登場した。たとえば警察が現場に到着するまでには、殺された一ノ瀬を別にすれば、酒井伯父《さかいおじ》さんと榊原さん、それに三人の目撃者――鈴木《すずき》、渡邊、探偵の三井と、合計五人もいたことになる。その中から、なぜ阿武隈は渡邊を犯人に仕立て上げようとしたのか？

「……あ」

僕は、他にもヒントがあったことを思い出した。

たとえば、初日の審理が終了したときの阿武隈の反応だ。阿武隈はなにか真相に気付いたかのような言動があった。あの日登場した証人といえば、鈴木、渡邊、三井の三人と、それから現場に最初に駆けつけたという警察官。それから司法解剖した監察医。彼らの証言を聞いて、阿武隈はなにかに気付いたのだ。

まず三人の証言を思い出してみる。鈴木の証言は、榊原さんの助けを求める声が聞こえたので裏路地に入ったところ、殺人事件の現場に出くわしてしまい、へたり込んでひたすら悲鳴を上げていたというものだった。

次に渡邊。一ノ瀬の伯父でもある渡邊は、偶然現場に通りがかり、そして首から大量出血していた一ノ瀬を止血しようとしたという。

三人目は三井。探偵の三井は、依頼人だった一ノ瀬がなにかよからぬことをするつもりではと考えていた。そんな折、悲鳴――鈴木のものだ――を聞き、現場に駆けつけ警察に通報した。

現場に駆けつけた人物はもう一人、いや二人いる。巡回中の警察官だ。だけど彼らは通報を受けて現場に駆けつけ、そして「逮捕してください」と自首した伯父さんを準現行犯逮捕したぐらいだ。

そうだ、初日の裁判で証言こそしていないが、阿武隈が判断材料にできるという意味では、もう二人証人がいた。酒井伯父さんと、榊原さんだ。

榊原さんは料理教室に通う途中で一ノ瀬に待ち伏せされ、悲鳴を上げて逃げようとしたところ、気を失ったという。

そして彼女の悲鳴を聞き、近くにいた伯父さんが駆けつけたときには、すでに一ノ瀬は首を切られていた。榊原さんの手には血塗《ちまみ》れの包丁が握られており、伯父さんは咄嗟《とっさ》にその包丁をハンカチで拭い、自分で握り直すことで犯人になろうとしたという。

阿武隈が気付き得る犯人がいるとしたら、この中の誰かということになるだろう。伯父さんと榊原さんさえ、決して除外はできない。

そうそう、容疑者にはなり得ないだろうが、審理初日に証言台に立った人物はもう一人、監察医がいる。その証言も単純なものだった。被害者、一ノ瀬の死因は頸動脈《けいどうみゃく》からの大量出血による失血死。傷口は非常に深く、殺意を持って包丁を刺したものと思われ、また犯人は間違いなく返り血を浴びているだろう——。

「あ」

そこまで考えた次の瞬間。

僕はすべてを察した。なぜ阿武隈に真犯人が分かったかが。

そして、頭に血が昇るのを感じた。

「畜生め！」

法廷の中であることも忘れ、僕は人目も憚《はばか》らず悪態を吐いた。

「なにもかもお見通しだってのか、あのクソ悪魔！　そこまで考えてあんなことしたのか！」

最悪の気分だった。

これで榊原さんの無実を、事件の真相を証明できるかもしれない。だけど、最悪の問題があった。真犯人を追及する手段がない。いや、正確に言えば一つだけある。今ならそれが簡単に分かる。阿武隈が捏造したあのスタンガンを、利用すればいいのだ。つまり——僕に阿武隈と同じ悪魔になれということだ。

だけど、他に方法はなかった。今の僕には阿武隈が見ていたものが——真実が見えている。阿武隈がやろうとしていたことが、その理由が分かる。

もちろん他の方法も考えた。違法な手段に頼らずとも真相にたどり着ける道はないか。なかった。いや、ずっと考えればいつかひらめくかもしれない。だけど、もうほとんど終わりかけているトイレ休憩の間にできることはなにもなかった。

つまり、方法は一つ。僕も、悪魔になるしかないということだ。

「あのクソ悪魔！　あのクソ悪魔！」

僕は自分のことをもう少し行儀のいい人間だと思っていた。だけど、このときの僕は悪魔に取《と》り憑《つ》かれた人間のように頭を抱えながら辺りを歩き回り、傍聴人や榊原さんの目も気にせず何度も机に拳を叩《たた》きつけていた。

「本多弁護人？　どうしました？」

気がつけば、休憩を終えた裁判長たちが入廷していた。僕の奇異な言動を見られてしまったらしい。でもこれから僕がすることを考えれば、彼らにどう思われようとどうでもよかった。

「いえ、気にしないでください。今落ち着きましたので」

「そ、そうですか。では一〇分経《た》ったので審理を再開しましょう。ところで阿武隈弁護人はどちらへ?」

「僕の腹痛が移ったようです。健康上の理由で帰宅しました」

法廷はどよめいた。朱鷺川検事も何事かと目を瞠《みは》る。

僕自身、わりと驚いていた。その気になれば、僕は意外と簡単にウソをつける人種であったということに。

僕は一度大きく息を吐いて落ち着きを取り戻すと、裁判長に向かって続けた。

「いずれにせよ、審理に問題はありません。よろしければこのまま続けたいと思いますが」

「それはなによりですが。予定通り次の証人は渡邊さんということでよろしいですか?」

「はい」

間もなく殺された一ノ瀬の伯父であり、池袋《いけぶくろ》中央病院の外科部長を務める渡邊が再び証言台に立った。

「さて、まず申し上げたいことがあります。僕たちは被告人が無実であると主張してきました。また殺された一ノ瀬さんは、事件直前にスタンガンを購入していました。それを裏付けるように、被告人は事件発生当時、現場に倒れていたところを多くの人に目撃されています。殺人などできない状態にあったわけです」

「裁判長、弁護人は質問ではなく主張を始めております」

朱鷺川検事が茶々を入れてくる。

「失礼、では質問に入りましょう。渡邊さん、我々はスタンガンが使用されたと主張してきましたが、現場からスタンガンは発見されていません。なぜだと思います？」

「そ、それを私に言われても分かるわけがありません」

まどろっこしいことはなしだ。僕はいきなり確信を突くことにした。

「真犯人であるあなたが、現場からスタンガンを持ち去ったためですよ」

当たり前だが、法廷はどよめいた。

「いきなりなにを言い出すんです？　なぜ私が犯人などと？」

「簡単な消去法ですよ。審理初日に証言台に立った、監察医の木下先生の証言を思い出してください。被害者は頸動脈を切られていました。また、頸動脈を切った犯人には、間違いなく返り血が付着していたとも証言しました」

「ええ。そういえば確かにそんなことを言ってましたが」

「いいですか。この事件で血が付着していた人物は、殺された一ノ瀬さんを除けば三人しかいないんです。榊原被告と、被告を庇《かば》って自首した酒井さん。そして、事件現場で被害者の首から溢《あふ》れる血を止めようとしたあなたです」

再び法廷はどよめいた。

一方、僕は自分への怒りが収まらなかった。なぜ阿武隈はこの結論に簡単にたどり着けたかを考えていたからだ。いや、理由は明白なのだ。阿武隈は、恐らくこの法廷においてただ一人、酒井伯父さんと榊原さんの無実を疑わなかったからではないか。僕でさえ、事件の性質から二人が犯人だという可能性は最後まで否定できなかったのに。

だけど阿武隈は違った。だからこそ、監察医の返り血についての証言を聞いたあの日のうちに、真犯人が誰か目星を付けることができたのではないか。

「ちょっと待ってください。あのですね、私の手に血が付着していたのは、甥《おい》の出血を止めて命を救うためです。それを……手に血が付着していたからといって、真犯人だと言い立てるのはあんまりだ」

「いいえ、違います。真相はこうです。被告を庇って自首した酒井さんの証言を思い出してください。酒井さんは、ストーカーに出会った榊原被告の悲鳴を聞きつけ、現場に向かおうとしました。しかしながら裏道だったため悲鳴の場所が特定できず、どうにか現場に駆けつけた際にはすでに一ノ瀬さんは首を切り裂かれており、傍には気を失った榊原被告が倒れていたと証言しました。ただ……悲鳴を聞きつけて現場に駆けつけたのは、酒井さんだけじゃなかったんです。あなたもそうだったんでしょう」

「裁判長！　異議を申し立てます、弁護人は根拠なき妄言をひたすらしゃべっているに過ぎません！」

朱鷺川検事の異議は当然だ。

僕は裁判長に正面から向き直った。

「裁判長。頼みますから少しだけ僕の話を聞いてください。僕は今、この事件の真相を話しているのです。もし裁判所が真実を追及する場であるのなら、今しばらく僕に話をさせるべきです。そのあとで記録から削除するのはどうぞご自由に」

「……あなたには確信があると？」

「ええ、物証もね」

少しだけ不安があった。裁判長が検察側の異議を受け入れれば、真犯人を糾弾《きゅうだん》できなくなるからだ。

「いいでしょう。では少しだけ時間をあげましょう」

「ありがとうございます」

だけど、物証によって真実を明らかにするという言葉に効果があったのか、裁判長は僕に時間をくれた。少しだけ、僕は法曹《ほうそう》業界に失望せずに済んだようだった。

「では続けます。なぜあなたが酒井さんより早く現場に駆けつけたか？　それはあなた自身が証言しました。現場近くでウロウロしている甥の姿を見つけ、不審に思って後を追ったと。だからあなたは酒井さんより早く現場に駆けつけることができたんです。あるいは事件現場は裏道とはいえ、勤め先の病院と駅を繋《つな》ぐ最短経路だったんです。偶然現場近くにいただけかもしれない。そして結果的に目撃したんです。甥の一ノ瀬さんが、榊原さんにスタンガンを使用して気絶させ、その場から拉致しようとしていたところを」

自分でも信じられないぐらい、言葉が後から後から湧いてくる。

「あなたは驚くと同時に怒りに震えたはずです。あなたは以前、甥御《おいご》さんのストーカー行為が露見したがゆえに、病院内でも悪い話題になってしまったそうですね？　それに懲りず、甥御さんは再び拉致という明白な犯罪行為に及ぼうとしていた。このことが明らかになれば、再び病院内での地位が低下することは避《さ》けられません。あなたは当然、甥を止《や》めようとしたはず。ですが甥の一ノ瀬さんは、警察に止められようがストーカー行為を止めなかった人物でした。せっかく榊原被告を拉致できるところを邪魔され、逆に怒り狂ったのかもしれない。そのとき、あなたはあることに気付いたんです。すぐ足元に包丁が落ちていたことに。それは被告人が一ノ瀬さんを威嚇《いかく》するために振回した包丁でした。あなたは咄嗟に包丁を手に取り、甥御さんを脅したんだ。馬鹿なまねは止めろとでも言ったのかもしれない。そして恐らく衝動的に殺意を持ってしまったんでしょう、結果的にあなたは一ノ瀬さんの首筋を包丁で刺し、死に至らしめてしまったんです」

僕が話を進める度、法廷がどよめくのが分かった。けど、そんなことすら今はどうでもいい。今は阿武隈に気付かされてしまった事件の真相を、一刻も早く全部吐き出したい思いだった。

「当然、殺人罪には問われたくなかったでしょう。そこであなたは、現場に倒れていた榊原被告に殺人の罪をなすりつけようとした。ですが、そのためにはどうしても邪魔なものがあった。そう、包丁です。凶器となった包丁には、あなたの指紋も付着している。当然、拭ったはずです。あなたは包丁を拭い、そしてその包丁を倒れている榊原さんに持たせたんだ。その後、同じく酒井さんがハンカチで包丁を拭ったことが分かっています。二度拭われたがゆえに、あなたの指紋は検出されなかったのでしょう。あるいは警察がもっと詳細に包丁を調べれば、あなたの指紋も出たかもしれませんが」

話しながら、僕は自分の考えを確認していた。

渡邊が真犯人なら、合理的に考えてこうするだろう、ああするだろうと一つずつ考えながらしゃべり続ける。

「あなたにとって邪魔なものはもう一つありました。スタンガンです。被告人がスタンガンを使われて気絶していたとなれば、当然殺人は不可能になります。被告人に殺人の罪を着せるには、スタンガンが現場に落ちていては不都合だとあなたは悟った。だから現場からスタンガンを持ち去ったんでしょう」

僕はそのときの渡邊になりきってしゃべり続けた。落ちていた包丁を拾うフリをする。一ノ瀬を刺してしまうフリをする。スタンガンに気付いて動揺し、慌てて持ち去ろうとするフリをする。

「ですが、あなたが抱えていた問題はまだあったんです。そのときのあなたは、事件現場から離れることはできても、表通りに出たり、電車には乗れない理由がありました。監察医の証言にあったように、被害者の頸動脈を切った人物には返り血が付いていて当然だったからです。あなたの手も真っ赤に染まっていたはずです。現場から離れたものの、人目のある場所には出られない。さぞ困ったでしょうね」

そう、渡邊は現場に再び戻り、甥を助けるフリをしている。それはなぜか。

「その後、状況が大きく変わります。現場に次々と人が駆けつけたんです。一人目は現場近くにいた酒井さん。ひょっとすると、あなたは物陰にでも隠れていたのかもしれない。あなたが行動に出たのは、鈴木さんがやってきてからです。彼女は殺人現場に遭遇してしまい、混乱して大声を上げ続けました。あなたは追い詰められたはずだ。多くの人が現場に集まってくることはもう避けられない。もし血まみれの手を見られれば、自分に疑いがかかることは避けられない。だからあなたは、鈴木さんの悲鳴に釣られたフリをして現場に舞い戻り、そして首から出血していた一ノ瀬さんの傷を止血するフリをしたんです。理由はもう言うまでもないでしょう、手に付着していた返り血を誤魔化《ごまか》すためです。逆に言えば、関係者で唯一被害者の血液が付着していたあなた以外に、犯行は不可能だったんです」

一息にしゃべり過ぎた。水が欲しい気分だった。

聞き入ってくれたのか、法廷は静まりかえっていた。

「……なかなか面白い説だとは思います」

僕が長々と演説し過ぎたためか、逆に渡邊は少し落ち着きを取り戻したようだった。

「でも、聞いていた話の中で確かなのは、私の手に血が付いていたことだけです。それだけの理由で、私を犯人にするのはあまりに乱暴ではありませんか？　大体、それにしたって被害者の止血のためだったという具体的な理由があるんですよ？」

「その通りです。ですが安心してください。僕の今の説を裏付ける別の証拠があるんです。

あなたが真犯人である決定的な証拠が」

法廷は再びざわめき、渡邊も驚いたように顔を歪《ゆが》めた。朱鷺川検事もだ。

「みなさん、どうか思い出してください。警察の捜査にもかかわらず、事件現場からスタンガンは見つかっていません。それはそうでしょう、さっき僕が言ったように、あなたが現場から持ち去ったわけですから。つまり、あなたがスタンガンを持っていれば、僕の説を裏付ける格好の証拠となるわけです」

僕は唾を吐く思いでそう口にした。僕はこれから散々嫌ってきた阿武隈と同じことをしようとしている。

不意に、渡邊は笑い出した。余裕の笑いだろう。当然だ、渡邊はスタンガンなどとっくに処分したに違いないからだ。

「面白い。つまり、私がそのスタンガンを持っていると証明できるわけですか？　では私の家の家宅捜索でもされてはどうですか？　令状なんてなくても喜んで許可しますよ。ただし、もし出てこなかったら名誉毀損《めいよきそん》で訴えますがね」

「その必要はありません。殺人の決定的な証拠となるスタンガンを、家に置きっ放しにするとは思えません。恐らく、もっと手近な場所に保管しているはずだ。一つだけあなたにお願いがあります。今すぐ、僕と裁判員の前であなたの持っている鞄をひっくり返してください。もしそこからＨＥ１２０ＢＬというスタンガンが出てくれれば、僕の説が裏付けられます。まさか拒否しませんよね？　あなたは犯人じゃないと仰《おつしや》るんですから」

「ふん、馬鹿馬鹿しい。じゃあそこで見てろ！」

それから起こった出来事は、法廷を大混乱に陥《おとしい》れたが、僕は終始平然としていた。

渡邊が証言台の上で、鞄を派手にひっくり返す。書類、筆記用具などに混じり、黒い物体がゴトリと落ちた。

渡邊の表情が一変する。

「今ゴトリと落ちたそれを持ち上げてもらえませんか。裁判員の皆さんにも、よく見えるようにね」

別に従う義務はないと思うのだが、頭が混乱しているのだろう。渡邊は震える手でそれを持ち上げた。黒い手の平大のスタンガンだ。

僕は証言台に歩み寄った。

「渡邊さん、そのスタンガンの型番を読み上げてもらえませんか？　いや、その様子では無理そうですね。僕が読み上げましょう、ＨＥ１２０ＢＬですね」

「そ、そんな馬鹿な……！　こんなものが私の鞄にあるはずがない……！」

「あるはずがないと？　どういうことですか？　つまり、別の場所に隠してきたから今あるはずがないとでも？」

「ち、違う！　このスタンガンは――ええと、その……」

渡邊が今どのように混乱しているのかが、僕には手に取るように分かった。

「たまたま個人的に持っていたものと仰るのですか？　型番ＨＥ１２０ＢＬだったのもた

だの偶然だと？　いずれにせよそういうことであれば、あなたが買ったという購入履歴も証明できるわけですよね？　この手の商品を買う際には身分証の提示が求められるそうですし」

「ち、違う。そうじゃない。これは――」

「誰かが勝手にあなたの鞄に入れたものだとでも？　だとしたら面白い主張ですね、いつ誰がどうやってあなたの鞄に入れたのか、是非お考えをお聞かせください。ひょっとして僕を犯人扱いしたりしませんよね？」

先んじていくつかの反論を封じると、渡邊は押し黙った。畳みかけるなら今だ。

「もしあなたが犯行後にそのスタンガンを拾ったのであれば、あなたは一ノ瀬さんの返り血で汚れた手でスタンガンを手に取った可能性が高いはずです。裁判長、直ちにこの審理を中断し、そのスタンガンを鑑定すべきです。そしてもし血液が付着していることが分かればとっととこんな起訴取り下げてもらいましょう。ただでさえ、公判前整理手続を経ていない重要な証拠が出てきたわけですから」

僕は阿武隈のようにハッタリをかました。

危険なハッタリであることは百も承知だ。真里さんが持ってきたそのスタンガンに、一ノ瀬の血が付着しているとは思えないからだ。だけどもし血が付着していれば、僕の主張を否定することはもう不可能だ。そして、朱鷺川検事あたりがそんな危険な賭けに乗るはずがないという確信もあった。

なぜなら彼も、阿武隈と同じ人種だからだ。証拠を捏造することを躊躇わない人物だからだ。僕が仕掛けたあからさまなハッタリであっても、「もしかしたら」と考えれば勝負できないだろう。

あるいは——これは阿武隈が用意したスタンガンなのだ。どこかで入手した一ノ瀬の血が本当に付着している可能性すら、僕は否定できない。

予想通り、あの雄弁な朱鷺川検事も、今は戸惑ったようになにも言えないでいる。もう裁判の決着は付いたも同然だった。あの体たらくの朱鷺川検事を見て、裁判員がこのあとどんな判断を下すかは明白だ。

「分かった、認める！」

そのとき、朱鷺川検事からも援護が受けられないと悟ったからか、ついに渡邊は新たな証言を始めた。

「そうだ。確かに現場からスタンガンを持ち去ったのは私だ。だが、甥を殺したりなんてしていない。甥がストーカー行為を繰り返していたことは知っている。その甥がスタンガンなんて物騒なものを持ち歩いていたことがバレたらまずいと、衝動的に拾ってしまったんだ」

「裁判長！　私も異議を申し立てます！」

朱鷺川検事もその言い訳に乗ったようだった。

「仮にこの証人が事件現場からスタンガンを持ち去ったのだとしても、殺人の証拠にはなりません！　これは弁護人による議論のすり替えです！」

「朱鷺川検事。ありがとうございます。その言葉が聞きたかったんです」

僕はそう口にしつつも、頭がフラつくのを感じた。そのセリフまで阿武隈をマネしなければいけないのかと。

「裁判員の皆さん。僕たちは、榊原被告がスタンガンを使用されたと散々主張してきました。そして朱鷺川検事はたった今認めました。事件にはスタンガンを使用された可能性があると。スタンガンで行動不能になっていた被告人に殺人は犯せません。正直に言いましょう、捜査権もない僕には渡邊さんが真犯人であると立証する術《すべ》はないんです。ですがこの事件ではスタンガンが使用されたということが明らかになりました。被告人は殺人など不可能であったことがこれで証明されました。朱鷺川検事、ただちに起訴の取り下げをお願いします」

「そ、そんなバカな話があるか！　裁判長、重ねて異議を申し立てます！　仮にスタンガンが使用されたのだとしても、気絶しないという証言もあります！　スタンガンを使用された結果、逆上して被告人が被害者を殺したという可能性についても我々は言及してきました！」

「残念ですが、その点については被告人が無罪と証明する手段があるんです」

悲しくなってきた。ここまで阿武隈の思い通り事が進むなんて――と。

朱鷺川検事の主張を、阿武隈は予想していた。だから阿武隈は、あのスタンガンを真里さんから受け取ったときにこう言ったのだ。『こいつを朱鷺川検事にぶち込んでやれないかと思ってな』と。

あれは比喩でもなんでもない。阿武隈は本当にぶち込むつもりだったのだ。

「朱鷺川検事、今からあなたにこのスタンガンを使用させてください。その上で、もしあなたがピンピンしていたのであれば、我々の主張は根本から崩壊することを認めます。ですがもしあなたが殺人など不可能な状態なれば、被告人の無罪を証明することになるでしょう」

「な、なんだと⁉」

「拒否されるなら理由をお示しください。被告人にはスタンガンを使用されたと信じるに足る証言があり、そして犯行に使われたと思われるスタンガンがここにあるのです。実際にこのスタンガンを使用された人間がどうなるかを示すことは、有罪の材料にも無罪の材料にもなるはずです。そうは思いませんか、裁判員のみなさん？」

少しわざとらしいことは否定できないが、裁判員たちにもそう語りかける。この挑発から、朱鷺川検事が逃げられるわけがないと知った上で。

「いいでしょう。確かにもっともな理屈です。ではどうぞ私にそのスタンガンを使ってみてください」

「いやちょっと待ってください」

裁判長は困惑を隠せないでいた。

「スタンガンを人に対して使用することにほんのわずかでも危険がある以上、そのような提案は受け入れられません」

「裁判長、これは検察側と弁護側双方が同意の上で行う検証作業の一つに過ぎません。裁判所が介入する必要はありません、ただそこで見ていてもらえれば充分です」

朱鷺川検事は言葉巧《たく》みに裁判所に責任がないことを保証した。確かにそう言わない限り、決して認められることはないだろう。

裁判長も、必要性は認めているのかもしれない。結局朱鷺川検事を制止することなく、黙認する姿勢を見せた。

「さあ、遠慮なくやってみるがいい」

朱鷺川検事は法廷の中央に進み出た。彼にとっては我慢のしどきなのだ。もしスタンガンの衝撃に耐えられれば、あっという間に事態は逆転して再び被告人には有罪の疑いがかけられるのだから。

応じるように、僕も彼の前に立つ。片手にスタンガンを持って。

「朱鷺川検事、後ろを向いてもらえませんか。僕たちの考えでは、被告人は背後からスタンガンを使用されたと思われますので」

「いいだろう」

朱鷺川検事が僕に背を向ける。その体が強張《こわば》っているのが分かった。衝撃に備えているのだ。不意を打たれる形でスタンガンを使用されると、受ける衝撃が増すという証言があったからだ。身を固くしていれば、ある程度耐えられるのではと考えたに違いない。

でも、それは逆に言うと不意を打てば衝撃が増す可能性もあるということだ。すべては阿武隈の布石だったのだ。僕は検事の腰にスタンガンを当て、そして――阿武隈がしたに違いないことをした。検事にしか聞こえない小さな声でこう呟いてやったのだ。

「あなたが脅迫状を捏造したことは知ってます。これはその報いです」


「!?」

検事の体が驚いたようにビクンと跳ねた。

その瞬間、スタンガンのスイッチを入れる。

「ぎゃあああああああああああああああああああああ!」

　法廷に、かつて僕が聞いたことのないような悲鳴が響き渡った。

朱鷺川検事の体がくの字に曲がり、そのまま床に倒れ込む。額から床に衝突しなかったのは、恐らく朱鷺川検事の意地だろう。

「あの、検事。大丈夫ですか?」

さすがに裁判長が気遣う。

「あ……だ……あぐ……」

恐らくは『大丈夫です』とでも言いたいのだろうが、電気信号が乱された肉体がそれをていた。

許さない。本人の意志とは関係なく体が動かなくなるということを、僕は身をもって知っ
「朱鷺川検事、起訴を取り下げていただけますね？　もし拒否するなら今すぐノーと言ってください、さあ」

「……お、おお……」

朱鷺川検事は懸命になにか発言しようとしたが、芋虫が呻《うめ》いているようにしか聞こえない。

「裁判長。検察は、起訴の取り下げに同意します」

諦めたようにそう代弁したのは、もう一人の検事、井上《いのうえ》検事だった。

当然、朱鷺川検事は慌てて否定しようとした。だけど、その否定の言葉すら容易に出てこないことを理解したのか、諦めたようにがっくりと倒れ込んでしまった。

こうして、僕が受け持った三度目の殺人事件は閉廷となったのである。

第七章

二人目が生まれる日

1

起訴取り下げによる無罪が確定した後のことは、僕もうろ覚えだった。

まず渡邊《わたなべ》は、事情聴取したいという理由で警察に任意同行されていった。そして、僕は伯父《おじ》さんと共に榊原《さかきばら》さんの釈放を見届けた。伯父さんは泣いて喜び、僕もおめでとうございますと言い、榊原さんにも泣いて感謝されたような記憶はある。

だけど、その間僕は上の空だった。ずっと別のことを考えていたからだ。

阿武隈《あぶくま》は、僕と組んだ二度目の事件のとき、僕にこう言ったことがある。

『依頼人がたとえ無実だったとして、法律的に救える手立てがなかったらどうする？ 諦めて有罪判決受け入れるか？ 依頼人にもそう言えるのか？ あなたが無実だと知ってますが手立てがないので二〇年牢屋《ろうや》に入ってくださいって』

あのとき、僕はなんら反論できなかった。ただひたすら、子供のように主張を繰り返すだけだった。だからって証拠を捏造《ねつぞう》することは許されないと。

証拠捏造は、法にも正義にも反する。それが分かっているからこそ、今回の裁判で僕がやったことを考えると、頭がおかしくなりそうだった。僕は阿武隈に倣って違法な手段で真犯人を追い詰めた。法にも正義にも反することを自分でしでかしたのだ。

だけど、だけどだ。

もし僕が用いたような違法な手段を使わず、榊原さんに有罪判決がくだされていたとしたら？　それでも正義は果たされたと言えるだろうか？

答えはノーだ。

たとえば、無実だと確信しているにもかかわらず、警察に逮捕され、起訴された人がいたとしよう。この場合、ある単純な事実が成立する。

無実の罪を着せられた時点で、正義はすでに失われているということだ。すべてが正義のもとに正しく動いているのなら、無実の罪など着せられるわけがないのだから。

榊原さんの裁判がそうだった。最初から正義など存在し得なかったのだ。そう、榊原さんが逮捕された時点で、正義は失われていたのだから。その状態でなにが正しく、なにが悪いかを論じることは――空虚だ。意味がないのだ。

阿武隈がやろうとしたこと、そして僕が実行したことは、法律的には許されない。僕は弁護士失格かもしれない。だけど、もし弁護士が――いや、弁護士に限る必要はない、無実の罪を着せられた人を救うために必要な手段を行使することをなんと呼ぶべきだろうか？

恐らく、正義だ。たとえ他の誰に知られることがなくとも、それは正義なのだ。

冷静に考えれば、僕の考え方は弁護士失格だ。法の原点に立ち返れば、この考え方は完全におかしい。だって、依頼人が本当に無実かどうかなんて神ならぬ身の人間には分からないのだから。

殺人鬼を無実だと思い込み、無罪にすべく弁護することは、正義ではないのかもしれない。だけど、阿武隈は人のウソが見抜けると言う。それが本当に超能力なのか、ただの洞察力の高さによるものなのかは知らない。だけど、結果的に阿武隈は無実の罪を着せられようとしていた人々を救い出してきた。それは事実だ。

だから、僕は思うのだ。僕は弁護士になった。それは一体なんのために——と。

僕は榊原さんの釈放を見届けるとすぐに、ある公園に出向いた。

2

「よう。来るかどうかは賭けだったが、やっぱりまた来たな」

時刻は夕方。阿武隈はいつものベンチに座って平然と僕を出迎えた。頬《ほお》が若干赤く見えるのは、僕が殴ったからだろうか、それとも夕日のせいだろうか。

「裁判はどうなった？　ちゃんと無罪は勝ち取ったんだろうな？」

「ええ、ちゃんと勝ちました。あなたの筋書き通りに動いた結果ですよ」

「ま、当然だな」

阿武隈はニヤリと笑った。結局僕が筋書き通り動くことも、その結果も、こうして報告に来ることも分かりきっていたかのような顔だ。やっぱりもう一度殴りたくなる。

「しかしおかしいな、じゃあなんでおまえさんがここにいる？　常識的に考えりゃ、釈放記念に今晩食事でもどうかって流れになると思うんだがな。あの美人の依頼人も一緒に」

「ええ、確かに伯父さんからそんな提案が出ましたけど、断りました。他に優先すべきことがあったので」

「なんだそりゃ。美人の食事の誘い断るより優先するってなんだよ？」

「あなたに決まってるでしょう。あなたに言っておきたいことがあるんです」

僕は一度大きく深呼吸した。次の台詞《せりふ》を口にするには、これまでにやってきたどんな発言よりも勇気が必要だったからだ。

「僕が間違っていました」

阿武隈はニヤリと笑った。

「間違ってた？　なにがだ？」

「世の中には阿武隈さんのような弁護士が必要だということです。世の中には無実の罪で逮捕された人々が大勢います。彼らを救うには、手立てなど選んでいられません。阿武隈さんのようなやり方も、ときには必要なんでしょう」

「つまりなにか？　俺のやり方が正しかったと褒めに来てくれたわけか」

「いいえ、違います」

僕はベンチに座っている阿武隈の真正面に立つと、その目を真正面から見つめた。

「僕とコンビを組んで欲しいんです。無実の罪を着せられた人を救うには阿武隈さんの力が、阿武隈さんのようなやり方が必要だということがよく分かりました。僕も共に、〝悪魔の弁護人〟になりたい。今はそう思ってます」

阿武隈は声を上げて大げさに笑った。付近に小学生でもいれば、〝チラ見おじさん〟の妙なウワサが一つ増えていたことだろう。

「そうかそうか、ついに分かってくれたか。いや、おまえさんならそう言ってくれると信じていたぜ」

なぜ僕なら――というところに疑問はある。だけど、今は追及する気にはなれなかった。

「つまり、今後はサツどもに一泡吹かせる手助けをしてくれるってわけだな？」

「ええ。喜んで」

「いいだろう。そういうことならおまえさんと一緒にコンビを組んでやる。ただし、一つだけ条件がある」

「なんでしょう？　お金を貸す以外でしたらなんでもしますが」

「いいか、俺は美人からの食事の誘いを断るヤツと手を組む気はない。今すぐ酒井《さかい》だか榊原だかに電話して、用事は終わったので食事でもどうですかと伝えろ。上手《うま》いことデートを済ませたらおまえと組んでやる」

「分かりました。それぐらいお安い御用です」

「それぐらいと来たか、おまえさんが時々分からなくなるな。まあいい、じゃ、おまえさんがまた嫌になるまで一緒に頑張ろうじゃないか」

「ええ。よろしく」

僕は笑顔すら浮かべて阿武隈に手を差し出した。阿武隈もニヤリと笑ってその手を握り返してくる。

こうして僕は、まんまと阿武隈を騙《だま》すことに成功したのだった。阿武隈はウソを見抜けるという。だけど、今の僕のウソは見抜けないだろう。

阿武隈のやり方を認める。ただし、それは『サツどもに一泡吹かせる』ためではない。僕の目的のために阿武隈の力を利用してやるためだ。

世の中には、無実の罪を着せられた人々がいる。彼らの失われた正義を取り戻すために、毒をもって毒を制すのだ。運命というと大げさだが、それが阿武隈という悪魔と巡り会わされた僕の役割なのではないか。そんなことを思う。

だから僕は、阿武隈を利用するのだ。僕の正義を実行するために。

つづく

あとがき

刑事裁判において検察側が提出する証拠は、実際には甲一号証とか甲五号証などと呼ばれるそうです。弁護人が提出する証拠は『乙〇号証』ですね。そういう話を聞くと、いつも思うことがあります。

検察側証拠物件と弁護側証拠物件じゃダメなんでしょうかと。乙三号証とか言われても咄嗟《とっさ》にどっちの証拠か分からなくなりません……？

同じような話題ですが、警察に逮捕されると、まず二日間警察署に留置されます。その後、二四時間以内に検察官の取り調べがあり、裁判所が認めればさらに最大で二〇日間の勾留が認められ、裁判で有罪となれば刑務所に拘留されることもあります。

留置と勾留と拘留。せめて勾留と拘留の呼び方だけでも変えません……？

裁判を舞台にした小説を書いていると、いつもそんな思いに駆られます。裁判員裁判が始まり、年々用語や手続も簡略化されているとも聞きますが、やっぱりまだまだ付いていくのは大変です。

そういえば本書でも度々登場しております司法取引。去年法律が制定され、来年から実際に運用されるということでニュースにもなりました。本シリーズではそんな司法取引がすでに運用されているという世界観になっておりますが、一つ補足が必要な状況になってしまいました。様々な議論が行われた結果、現実の日本における司法取引では、「自分の罪については取引できない」という形になるそうです。

つまり、麻薬所持で逮捕されていた人が、「ピストルが隠されてる場所を教えるから刑を軽くしてくれ」という取引はできますが、本書はもちろん海外ドラマなどでよくある、「容疑を率直に認めるから刑を軽くしてくれ」という司法取引は行えないということですね。本シリーズが出たのは去年の頭ですし、執筆していたのはもう何年も前からだったので、そのあたりの齟齬はフィクションということでお目こぼし頂ければ幸いです。毎度毎度似たようなこと書いてますが……。

さて、ところでこの『無法の弁護人』シリーズは、売れようが売れまいが三巻で完結する予定を立てていました。

本書を最後まで読んでいただければ、その理由はお察しいただけるかもしれません。次を出せるとして、その内容はこれまでと大きく変わるからです。すなわち、毒をもって毒を制す――自分の正義を実行するため、阿武隈《あぶくま》を利用しようとする本多《ほんだ》君の奮闘劇に。『二人の無法の弁護人』というタイトルに変えようかと思ってたぐらいです。

ところがです。本書表紙のある一文にお気付きいただけたかもしれません。そうです、『大規模メディアミックス企画進行中』と。残念ながら現時点で詳しく発表することはできないのですが、大規模というぐらいですから動く系です。なにせこれまで大規模メディアミックスというものにはとんと縁がなかったものですから、未《いま》だに実感も湧かず、企画倒れという可能性を疑ってる最中なんですが、公表の許可が出たぐらいですから本当にやってくれるのかもしれません。続報をお待ちいただければ幸いです。

ともあれ、こうなると軽々しくタイトル変えるわけにはいかないかもしれず、次の巻が『無法の弁護人4』か『二人の無法の弁護人』になるかは分かりません。いずれにせよ、更なる本多君の奮闘にご期待いただければ幸いです。

それでは、またどこかのあとがきでお会いできることを心からお祈りしております。

師走《しわす》トオル
@SiwasuToru

無法の弁護人 3

もう一人の悪魔

NOVEL 0 ZERO
http://novel-zero.com/

発行	2017年2月15日　初版第一刷発行
著	師走トオル
発行者	三坂泰二
発行所	株式会社KADOKAWA 〒102-8177 東京都千代田区富士見2-13-3 0570-002-301（カスタマーサポートナビダイヤル） http://www.kadokawa.co.jp/
印刷・製本	株式会社廣済堂

Printed in Japan
ISBN 978-4-04-256048-7 C0193

魔獣調教師ツカイ・マクラウドの事件録
TSUKAI J MACLEOD
綾里けいし [ILLUST] 鵜飼沙樹
魔獣は人を狂わせる。
人の欲は魔獣を殺す。
帝都最高の魔獣調教師『絢爛なる万華鏡』ゴヴァン卿。その不可解な死とともに彼の全てを継承した青年——ツカイ。とある【魔獣愛好倶楽部】でツカイに出会った上代ウヅキは、彼に纏わる魔獣絡みの事件を経て、その身に宿る陰惨な真実に迫っていくが……?
STORY
定価 本体700円+税
ノベルゼロ
NOVEL 0 ZERO